www.bbulmedia.com

www.bbulmedia.com

飛月悲歌

비월비가

飛月悲歌

비월비가

산수화 신무협 장편 소설

3

암중혈투(暗中血鬪)

뿔미디어

차례

1. 천라지망(天羅之網)(1)

그의 외관은 그야말로 군계일학(群鷄一鶴)이라 할 만한 비범함이 있었다.

떨어지는 눈꽃송이도, 휘몰아치는 한풍도 그의 강렬함을 손상시키지 못하였다.

펄럭이는 장포자락은 바닥을 스치고 지나가 세상을 조롱했고, 바람에 따라 조금씩 움직이는 머리카락이 한 폭의 예술적인 그림을 보는 듯하다.

중년에 이르러 위맹함으로 무장한 얼굴은 무인(武人)의 얼굴을 넘어서 군왕의 장중함을 풍겨 내고 있었다.

전형적인 남성의 얼굴이며, 전형적인 무인의, 동시에 왕색(王色)을 품고 있는 얼굴.

그는 하늘을 올려다보고 있었다.

하나, 둘 떨어지는 눈송이는 벙어리의 휘파람보다도 고요한 소리를 품는다.

바람에 따라 자지러지는 비명을 지르며 땅으로 생의 마감을 짓기 위해 돌진하는 무모한 아름다움. 대지를 향해 하늘이 소리치는 순백의 폭력은 이 땅을 거니는 모든 이들에게 피할 수 없는 절망이 되어 떨어질 뿐이다.

그러나 신기한 건, 단 한 송이의 눈도 중년인의 몸에 닿지 않는다는 것이었다.

오로지 세상에 그 홀로 오롯한 듯 모든 눈이 그를 비켜 가고 있었다.

중년인은 탄식했다.

"공맹(孔孟)의 도리를 알아 정(正)과 사(邪)의 구분을 지을 수 있었다. 인의예지(仁義禮智)를 몸소 실천하여 만인에게 모범이 되려 하였다. 힘이 있어도 함부로 쓰지 아니했고, 바닥에서 발버둥 치는 이들을 위해 이 한 몸 바치려 하였다. 하나 세상의 거칠음이 실로 만만치 않음을 깨달으니, 내가 나의 한계를 알게 되는구나. 아무래도 나는 성인(聖人)은 물론이거니와 정협

(正俠)조차 되질 못하리라."

씁쓸한 자조였다.

정백한 몇 개의 가치와 하나의 꿈을 세워 인생을 바치니 누구보다도 숭고하며 누구보다도 낮아지기를 원했다. 하나 자신의 꿈을 이루기란, 적어도 작금의 거친 세상에서 결코 쉬운 바가 아니었다. 거기에 스스로의 위치가 있었고 도저히 끊어 낼 수 없는 관계들이 많았다.

중년인은 자신이 모든 외적, 내적인 관계를 끊어 내며 나타나게 될 번뇌를 감당할 자신이 없었다.

"독하지 않으면 장부가 아니라 하였거늘, 나는 죽어서도 장부라 불리기 힘들겠구나."

이토록 눈이 내리는 날이면 유난히 감성적으로 변하는 자신이 싫었다.

하지만 싫다고 외면할 수도 없는 감정임을 알았기에 하늘을 보며 성토했다. 술로도, 독서로도 심지어 무학의 단련으로도 가시지 않는 허탈함과 좌절감은 그만이 안고 있는 치명적인 독이리라.

그는 눈물을 흘렸다.

하늘은 여전히 무정하기 짝이 없는 아름다움으로 세

상을 향해 포효하고 있었다.

그때 그의 등 뒤로 한줄기 목소리가 들려왔다.

"무엇이 무신(武神)을 그리도 힘겹게 합니까?"

평범한 목소리였다.

하지만 실의에 빠진 한 사람의 묵직한 분위기를 샅샅이 흩어 내 버리는 묘한 힘을 가진 목소리이기도 하였다. 이미 알고 있었기에 중년인, 모용광(慕容光)은 놀란 기색 없이 몸을 돌렸다.

모용광의 눈에 한 명의 사내가 눈에 들어왔다.

마흔이 넘어가는 외모의 모용광보다는 어려 보였지만 사내 또한 불혹(不惑)에 다다른 나이를 자랑하는 중년이었다.

모용광이 외관부터가 무인임을 자랑한다면 나타난 사내는 호리호리하고 강단이 있어 보여 꼬장꼬장한 학자를 떠올리게 만든다. 특히나 무표정임에도 양끝으로 올라간 눈썹이 그를 제법 사나운 인상으로 만들어 주는 데에 일조했다.

사내, 담사운(潭獅雲)은 천천히 포권을 취했다.

"담 아우가 대사형을 뵙겠습니다."

모용광의 얼굴에 흘렀던 허탈함은 조금씩 가시더니

은은한 반가움으로 대체가 되었다. 그는 부드러운 미소를 지으며 담사운에게 다가왔다.

"일 년 만인가?"

"그쯤 되었습니다. 그때도 눈발이 날리고 있었지요."

"사람은 세상에 나가 한 몸 굴려야 성장을 한다더니, 이미 불혹을 넘긴 담 사제도 더 배울 것이 있었나 보군. 그사이에 놀라운 성취를 이룬 듯하이."

"대사형의 지고한 경지를 생각한다면 아직 어린아이 수준입니다."

"허허. 그래도 내, 사형이랍시고 몇 년 더 배웠는데 사제보다 강건하지 못하면 세상 사람들이 날 어찌 보겠는가. 너무 이 좁아터진 가슴을 떨리게 하진 마시게나."

담사운의 얼굴에도 훈훈한 미소가 어렸다.

"그래, 갔던 일은 잘되었는가?"

"그럭저럭 성과는 있었습니다만 아직 완벽하진 않습니다."

"세상 어느 누가 완벽함을 자랑할 수 있겠는가. 완전에 다다른 순간 되레 무가치로 변하는 것은 어느 분야에 종사하는 이들에게나 똑같은 것이지."

"그래도 완전을 향해 달리는 것이 우리가 해야 할 일이지요."

"그 또한 틀린 말은 아니지."

모용광과 담사운은 그 외에 대담을 나누진 않았다.

그러나 함께 서서 이 차가운 아름다움으로 무장한 대지를 걷는 것만으로도, 그들은 어색함을 몰랐다.

짙은 사제지간의 정.

둘이 함께한 세월만큼이나 끈끈한 정이 시냇물처럼 흘러간다. 고작 일 년을 보지 못한 것으로 퇴색될 만큼 둘 사이의 정이 얕지 않았다.

문득 담사운은 하늘을 올려다보며 말했다.

"옥이와 정이가 외부에서 연락을 끊은 채로 잠적하였다고 합니다. 비밀리 수사해 본 결과 삼사제에게 가서 진상을 알아내려는 의도로 보입니다."

모용광의 얼굴이 살짝 굳어졌지만 이내 고개를 끄덕였다.

"녀석들도 어리지 않으니, 받아들일 시기가 온 게지."

"알고 계셨습니까?"

"듣기 싫어도 누군가가 계속 귀에다 속삭여 주는 곳이 이곳일세. 담 사제도 알지 않나."

"두 사제들이 연락을 끊었다는 걸 아신다면, 월이가 세상에 나선 것도 처음부터 알고 계시겠군요."

"……."

"어찌 생각하십니까?"

모용광은 가만히 눈을 감았다. 몸에서 가장 얇은 살덩이가 시선을 가리자 꿈결처럼 아릿하게 삼사제가 떠올랐다.

'월아.'

그는 이를 악물었다.

셋째 사제를 떠올릴 때마다 가슴이 미어지는 것 같았다.

유난히 착하고 다정한 아이였다. 누구보다도 마음이 약한 아이였다.

동시에 스스로에게는 무척이나 독해서 큰 재능이 없음에도 불구하고 이만큼 성장했구나 싶을 때, 어느새 저 앞에 달리던 독한 아이이기도 했다.

스승의 사랑을 가장 받지 못한 아이.

하지만 사형제들 중 가장 긍정적이고 밝았던 아이.

나이만 많았지 무르기 짝이 없던 자신에게 와서 즐거움으로 번뇌를 씻겨 주던 속 깊은 아이였다.

진조월은 다정한 사제였다.

착했고 여렸지만 강하기도 했다. 사형제들은 모두 진조월을 좋아했고, 믿고, 따랐다. 심지어 대사형이라는 자신조차 한참이나 어린 사제에게 기댈 때가 많았다.

그런 진조월이 열아홉의 나이로 전장으로 나가려 할 때, 모용광과 담사운은 자신들이 나가겠다며 스승에게 처음으로 울부짖었다. 그 전장이라는 곳이 얼마나 살벌한 곳인지 누구보다도 잘 알았기에 둘은 진조월을 보낼 수 없었다.

하지만 진조월은 결국 북원의 병사들을 섬멸하기 위해 백 명의 고수들을 이끌고 북쪽으로 진군하였다.

몇 년의 시간이 지났을까.

팽팽하게 맞섰던 명과 북원의 싸움에서, 가장 위험하고 비밀스러운 작전과 치명적인 타격전(打擊戰)만을 반복했던 야차부대는 어느새 양 진영에서 공포로 군림하고 있었다.

마음이 약하여 개미 한 마리조차 죽이지 못했던 진

조월이 얼마나 많은 사람들의 목숨을 끊었기에 야차왕이라는 무시무시한 별호로까지 불리었을까.

소문을 듣고 나서, 큰 상처를 받았을 진조월을 생각하며 모용광과 담사운은 술잔을 기울이다가 통곡했다. 그토록 여리고 착했던 아이는 몇 년의 세월을 몸으로 맞이하면서 거의 살인귀라 불릴 정도로 압도적인 살상을 반복했을 것이다.

사형제들 중 가장 착하고 인간적이었던 아이가, 가장 냉혹한 무인으로 변모한 순간이었다.

더욱 어이가 없던 것은, 귀환을 하는 그들에게 씌워진 죄목.

북원의 세력과 비밀리 결탁하여, 대명제국의 황실과 긴밀한 관계를 유지하고 있는 철혈성주 외에 모든 간부들을 암살할 계획을 세웠다는, 말도 안 되는 죄목이 진조월과 그의 부대원들의 어깨를 짓눌렀다.

당연하게도 모용광은 믿지 않았고 담사운 역시 믿지 않았다.

그들은 너무나도 진조월을 잘 알고 있었다.

피 튀기는 전장이란 능히 인성을 상실할 상황이었다지만, 아무리 그래도 진조월은 절대 그런 짓을 할 아이가 아니었다. 그건 사형제지간에 끈끈히 맺어진 정으로도 표현하기 어려운, 거의 신앙에 가까운 확신이었다.

다른 모든 사람이 배신을 해도 진조월만큼은 배신하지 않을 것이란 걸, 둘은 확신했다.

그러나 증거들은 속속들이 나타났다.

시간이 지날수록 하나씩 등장하는 결탁의 증거들은 사형제들을 물론 성내 모든 무사들에게 충격이었다.

명의 황실에서도 이를 알아 수배령을 내리고, 철혈성에서는 대대적인 처벌을 위해 수많은 무인들을 급파하였다.

거기서 성주의 직계 제자들은 제외가 되었다.

그들이 진조월의 처벌 작전에 투입되지 않았던 까닭은, 사적인 정에 의해 혹시나 모를 고약한 사태를 빚어낼 수 있다는 성주의 엄명이 있었기 때문이었다.

이치에 합당한 명령이었다. 능히 그럴 수 있는 일이었다.

하지만 모용광과 담사운은 그 명령이 결코 스승이자 성주의 목적과 같다고 생각하진 않았다.

모종의 뭔가가 있다.

진조월과 그 부대원들이 북원과 결탁했다는 물증은 확실했지만, 그래도 뭔가 부족했다. 마치 대놓고 짜인 한 편의 연극처럼 너무나 일사천리로 진행된 처벌 작전.

모용광과 담사운은 그때부터 스승이자 성주인 '그'가 어떠한 일을 획책하고 있다는 걸 깨달았다.

그 비밀을 파헤치는 데에 삼 년이라는 시간이 투자되었다. 그리고 그 비밀에서, 자신들에게도 위험이 찾아오리라는 확신을 갖게 되었다.

담사운은 나직이 한숨을 쉬었다.

"옥이와 정이가 걱정입니다. 강한 척하지만 녀석들도 여린 아이들이 아닙니까."

"걱정하지 마세. 두 사제들은 비록 많이 어리지만, 보고 자란 바가 있을 것이네. 이번에 옥이와 정이가 철사자조를 이끌고 갔다는 걸 알았으나 막지 않았던 이유도 그것일세."

평범한 대사형이라면, 위험해서라도 그렇게는 하지 못할 것이다.

두 사제를 믿었다손 치더라도 삼 년 만에 세상에 나타난 진조월의 손속은 충분히 잔인해질 수 있는 시간이었다.

혈육으로 맺어지지 않았으나 천륜으로 맺어진 사형제지간의 혈투가 일어날 수도 있는 상황이 아니었던가.

그러나 모용광은 믿었다.

진조월을 믿고, 여설옥과 제영정의 올바름을 믿었다.

믿음으로만 판단할 수 있는 문제가 아니었다.

하지만 모용광의 믿음은, 판단할 수 없는 문제까지 모조리 포용할 정도로 강인하고 단단하였다.

그가 얼마나 사형제들을 믿고 있는지 단적으로 보여주는 대목이리라.

모용광은 여전히 떨어지는 눈꽃송이를 보며 빙긋 웃었다. 믿음은 있으나 이 불온한 상황 자체에 대한 불길함을 숨기려는 듯한, 오묘한 미소였다.

"간만에 봤는데 술이라도 한잔하겠나?"

담사운은 재차 고개를 들어 하늘을 바라보았다.

그는 싱긋 웃으며 입을 연다.

"이왕 마시는 거, 손님 한 분 더 불러 볼까요?"

* * *

철사자조는 철혈성의 주력부대 중 한곳으로서, 총 열 개의 조로 운용이 되는 단체였다.

한 개의 조에는 서른 명의 고수들이 운집해 있으니 열 개의 조가 모여 삼백의 고수들이 진을 치고 있다.

일조(一組)에서 시작해 십조(十組)에서 끝나는 철사자조는 개개인의 무력들도 능히 일류를 능가했다 알려졌지만 그들의 진짜 무서움은 진세(陣勢)를 구축하여 상대를 압박하는 데에 있었다.

다수이든 소수이든 진을 짜서 붙었을 시, 현재 철사자조의 살상진법(殺傷陣法)을 이겨 냈던 이들이 없었다. 적어도 대외적으로는 그러했다.

이미 사라져 버린 과거 마도 무리들이 신앙에 가깝도록 믿었던 마도진법, 구유광역대진(九幽廣域大陣)이나, 지금껏 역사를 통틀어 단 한 번도 패배를 몰랐다는 소림사의 백팔나한대진(百八羅漢大陣)에 비교하기엔 무리가 있었지만, 숫자에 상관없이 유기적으로 이동하여 자유로이 적을 살상하는 철사자조 특유의 철혈사자진(鐵血獅子陣) 역시 강호에서 유명한 진법으로 하나의 힘을 이용해 열의 힘을 감당할 수 있는 강력함을 보여 준다.

압박과 소멸에 지극히 특화된, 무림인으로 태어나 군인의 전투 방법을 사용하는 데에 주저하지 않는 맹수들의 집단.

보통 이러한 숫자가 붙은 조직의 경우 조마다의 격차도 존재하기 마련인데 통상 숫자가 작아질수록 무인들의 수준도 올라간다.

하지만 특이하게도 철사자조는 그 반대였다.

일조부터 칠조(七組)까지의 무력은 그럭저럭 비슷하다고 할 수 있었다.

물론 숫자가 올라갈수록 고수들의 경험과 무력은 점차적으로 상승하지만 그렇다고 크나큰 차이가 있는 것도 아니었다.

하지만 팔조(八組)와 구조(九組) 그리고 십조(十組)의 무력은 비교 자체를 불허함으로 철사자조 최강이라 알려져 있었다. 특히나 완전(完全)을 뜻하는 숫자 십(十)에 소속이 된 철사자조는 일세를 풍미했던 전대고수들이 서른 명 모인 전설적인 조직으로, 조직원 한 명 한 명의 무력이 구조(九組)의 조장에 필적하거나 그 이상이었다.

그런 철사자조를 총괄하는 총조장(總組長)의 권한이

나 무력은 대단할 수밖에 없었다. 어중이떠중이를 관리하는 것도 아닌, 전대의 고수들까지 끼어 있는 조직을 다스리는 자리였으니 평범한 무인이라면 절대 맡을 수 없다.

창성(創城) 때에 있지는 않았지만 그 이후 포섭이 된 인물로 성주에 대한 충성심이 남다르고, 다른 어떠한 곳보다도 조직을 우선시하는 우직함, 거기에 조직을 이끄는 통솔력의 우월함은 물론이거니와 일신의 무공 역시 철혈성 내에서 성주와 그 외에 비밀리 키운 고수들을 제외하고는, 능히 열 손가락 안에 꼽힌다는 황철성(黃鐵星). 그가 철사자조의 총조장이 됨은 어쩌면 당연하다고도 볼 수 있었다.

스러져 가는 북원(北元)의 무리들과 신생아로 태어나 폭풍처럼 커진 대명제국(大明帝國)의 전쟁으로 인해 한참 대륙이 혼란으로 물들었을 때 세상에 나타났던 황철성은 단 십 년간의 활동으로 그 명성을 사해(四海)에 떨쳤다.

길이가 일 장이요, 무게만 칠십여 근에 달하는 무지막지한 방천극(方天戟) 한 자루로 수백의 고수들을 쓰러트렸던 그는 능히 신화라 불리기에 부족함이 없었다.

여포재래(呂布再來) 지즉봉추(智卽鳳雛)

흑익여포(黑翼呂布) 황철성의 명성은, 철혈성에 소속되지만 않았다면 능히 강북십대고수 중 일인으로 추앙받아 마땅하다고 호사가들은 이야기하였다.

여포의 무력과 봉추의 지혜를 갖추었다 하니, 전략전술을 꿰뚫는 눈과 돌파하는 무공의 대단함이 얼마나 뛰어난지 능히 알고도 남음이 있으리라.

그럼에도 황철성은 지난 몇 년 동안 절치부심하여 자신의 무력을 높이기 위해 각고의 노력을 아끼지 않았으니, 비단 그것은 무력에 대한 그의 욕심이 지나치게 강렬함으로 설명되기 어려운, 어떠한 절심함이 있었다.

우람한 덩치가 땀으로 젖었고, 그만큼 거친 숨을 몰아쉬면서도 황철성의 눈은 파랗게 빛나고 있었다.

잊어야 할 때도 되었지만 도저히 잊을 수가 없는 기억이 항상 그를 채찍질한다.

패배란 무인에게만 다가오는 고약한 선물이 아니었다. 세상을 살아가는 모든 사람들은 적어도 한번 정도의 크나큰 패배의 경험을 당하게 되는데 황철성 역시 그 범주에서 벗어나지 못했다.

철혈성주와의 비무 이후, 그는 난생 처음 패배를 맞이하였다.

무공의 경지가 상대적으로 낮을지언정 패기와 임기응변, 전술적인 이점으로도 자신보다 위에 있는 고수들까지 꺾을 수 있으리라 생각했던 그에게 무참한 패배를 안겨 준 남자를 그는 기억했다.

서생처럼 생긴 자.

이제 중년이라 불려야 마땅할 그런 나이였다.

심지어 처음 봤을 때는 몸에 이는 기세조차 없어 정말로 글이나 읽은 서생이 아닐까 의심했었다.

비록 거의 칠십에 달하는 자신이지만 큰 덩치와 근육질의 황철성은 자신이 입김만 불어도 나가떨어질 것 같은 서생 같은 작자를 보며 코웃음을 쳤었다.

하지만 그 서생이라는 작자와 총 일곱 수의 손속을 나누었을 때 그는 거의 공황상태에 접어들어야 했다.

가만히 있으면 서생에 불과해 보였던 작자가, 마음먹고 기세를 개방하자 세상을 뒤집어엎을 듯한 무지막지한 기파를 뿜어 댔다. 그 중년인의 앞에서 황철성은 철혈성주 이후, 난생 처음으로 공포를 느꼈다.

발을 들어 땅을 찍자 주변 십여 장이 초토화가 되는

무시무시한 광경.

단순한 진각(震脚)이라고 보기에는 그 위력의 강렬함이 도를 넘어섰다.

그 한 수로 영역 안에 존재하는 고수들 열다섯이 피를 토하고 죽어 갔으며, 황철성은 억지로 버텨 방천극을 휘둘렀지만 일곱 수를 넘기지 못하고 비참하게 패배해야만 했다.

과거 유방 최대의 적수라 알려진 항우가 일갈을 질렀다면 이와 같은 패기만천의 기세를 보여 줄 수 있었을까.

역발산기개세(力拔山氣蓋世).

패왕이라 불리기에 전혀 부족함이 없는 그의 기세와 무공은 황철성이 감당할 수 있는 수준을 아득히 넘어서는 뭔가가 있었다.

'패천광군……!'

능력이 미치지 않아 패배를 자인했다면 이렇게까지 비참하진 않았을 것이다.

황철성은 그때 그의 눈빛을 기억했다.

엎드려서 피를 토하는 자신을 내려다보는 싸늘한 중년인의 눈동자.

자신보다 삼십 년은 늦게 태어났을 그의 존재 앞에서 황철성은 숨이 멎을 것 같은 공포 때문에 벌벌 떨었다.

수많은 대결에서 자신이 섰던 그 위치에 선 중년인은 오만하기 짝이 없는 눈과 마주할 수 없는 패기를 발산하며 자신을 개미처럼 짓눌렀다.

치명상을 입어도 두 다리로 우뚝 서서 방천극을 휘두르리라 자신했던 그만의 자신감을 완전하게 박살 냈던 절대고수.

칠 년 전, 칠왕의 난이라 불리었던 그때의 기억.

정난신장이며, 일갈단해라. 일국(一國)이 위험해도 다른 어떠한 도움 없이 홀로 평정이 가능한 장수임에, 한 번 소리를 질러 바다조차 쪼개리라.

패천광군, 패왕 단기중.

황철성의 눈에 붉은 살기와 숨길 수 없는 공포심이 깃들었다.

모든 힘을 소비해서 당장 쓰러져도 모자랄 판이었지만 그를 생각하면 도저히 이대로 쓰러질 수가 없었다.

"단기중!"

그는 거센 비명을 지르며 방천극을 휘둘렀다.

사방이 단단한 강철로 이루어진 수련장이었거늘, 그의 방천극에서 휘몰아치는 경력의 여파 때문에 벽이 비명을 지르며 아파 했다.

그렇지 않아도 바닥난 체력에 극한까지 쥐어짜며 수련한 덕에 내공까지 없는 상황에서 무리한 무공을 전개하자 황철성의 안색은 심각할 정도로 창백해졌다.

입가에서 실핏줄 같은 피가 흘렀지만 그의 표정은 여전히 단단하고 분노에 차 있었다.

하지만 칠 년의 세월이 마냥 분노와 수치로만 달구어진 세월은 아니었다.

그는 나름의 침착함도 배웠다. 분노는 큰 힘을 내지만 결국 그에 휘둘리면 무사로서 바르게 크지 못함을 황철성은 깨닫게 되었다.

냉정하게 생각하고, 냉정하게 파악하며, 냉정하게 출수하라.

그는 수련실 바닥에 놓인 목곽을 열어 내상약을 먹은 뒤 대략 두 시진 간의 운기를 마치고 나왔다.

태양이 마지막으로 한껏 기를 펴는 시간.

아름다운 자하(紫霞)의 광채가 그의 몸을 따스하게 물들게 해 준다.

손에 쥔 그의 독문병기 방천극은 일몰의 신비로움을 받아 요사스러울 정도로 오묘하게 빛났다.

"하루 종일 수련에 힘쓰시는군요."

황철성의 뒤로 한 명의 사람이 나타났다.

이미 알고는 있었지만 깨닫는 게 늦었다.

삼장 안으로 들어올 때까지 인기척을 느낄 수 없었다 함은 상대방이 자신보다 적어도 한수 이상 강한 고수라는 뜻. 만약 암격을 가했다면 치명상을 입었을 가능성이 있었다는 뜻이기도 하다.

황철성은 가만히 입술을 깨물었다.

'실로 정저지와(井底之蛙)의 처지와 다를 바 없었구나.'

그의 몸이 천천히 돌아갔다.

황철성의 강렬한 눈 안으로 담사운의 모습이 들어왔다.

약간은 신경질적인 얼굴에 호리호리한 몸매는 학자를 연상케 한다. 구름처럼 부드럽게 흐르는 기세, 하지만 꼿꼿한 기상이 실로 대나무와 같아 함부로 할 수 없는 위엄 역시 그득하니 어느 하나의 기질로 판명할 수 없는 자였다.

황철성의 얼굴에 놀라움이 깃들었다.

"이공자(二公子)님?"

"일 년이 조금 넘었군요. 참으로 오랜만입니다. 총조장께서는 여전히 열심이시군요."

인상이 조금 깐깐해서 그렇지 그의 말투는 부드럽기 짝이 없었다.

황철성은 다시 놀랐다.

이공자가 다시 복귀를 했다는 것에 대한 놀라움은 둘째였다. 천생 무인인 그는 담사운의 몸에서 흐르는 미묘한 기세 때문에 더 놀랐다.

'놀라운 무위!'

물론 일 년 전에도 담사운은 강했다.

그렇지만 황철성은 자신보다 아래라고 판단했었다. 사실이 그렇기도 하였다. 한데 지금의 담사운은 자신에 육박함을 넘어 오히려 넘어가는 힘을 품고 있었다.

도대체 무엇이 담사운을 이토록 성장시켰을까?

놀라움 뒤에 그림자처럼 다가오는 감정은 허탈함이었다.

단기중도 그러하지만 담사운 역시 자신보다 한참이나 어린 나이.

서른에 혼인을 하여 아이를 낳았다면 그 아이의 나이가 지금의 담사운 정도 나이는 되었으리라.

'나는 도대체 무엇을…….'

그는 헛웃음을 지었다.

그동안 무도(武道)에 몸을 바쳐 강호에서도 명성이 쩌렁쩌렁한 그였다.

세인들이 황철성에 대해서 생각하는 바, 즉 강북십대고수 중 한 명으로 꼽힐 수 있다는 생각은 설령 맞지는 않을지언정 크게 부족하지도 않을 것이 분명할 터. 그렇다면 그의 무력 역시 현 강호에서 찾아보기 힘들 만큼의 수준이라는 뜻이기도 하다.

한데 이제 마흔을 기준으로 왔다 갔다 하는 담사운의 무공은 이미 황철성을 넘어섰다.

황철성은 자신이 익히고 애써 왔던 무도에 대해 회의감을 가졌다.

철혈성주가 받아들인 제자들의 재능을 익히 알고는 있었지만, 설마 이 정도까지인 줄은 몰랐다.

이미 대공자(大公子)인 모용광의 무력은 성내 비밀세력의 고수들까지 합해서 다섯 손가락 안에 꼽힘을 황철성은 알고 있으나 그것은 수긍할 만했다. 모용광은 그가 보아도 수준을 찾기 힘든 천재였으니까.

육체적인 재능의 소유자는 제영정이 가장 뛰어나나, 모용광은 단순한 육체적 재능 이상의 뭔가를 소유한 천재 중에 천재였다.

그렇지만, 이제는 담사운까지 이 정도로 올라섰다.

그는 하늘을 보며 탄식했다.

'이미 지천명(知天命)을 한참이나 넘긴 나이임에도 나의 천명을 깨닫지 못하여 허덕이는 내가 참으로 못났다. 일신의 욕망에 사로잡혀 주위를 둘러보지도 못했으니 내 감히 어느 누구에게 푸념이나 할 자격이 있겠는가? 아집과 독선으로 내가 나아가야 할 방향조차 잡지 못했으니, 모두가 내 부덕 탓이리라.'

그는 씁쓸하게 웃었다.

"이공자님의 신위가 예전 같지가 않소. 필시 큰 깨달음이 있었겠소."

약간은 거칠고 깊은 목소리였다.

담사운의 눈동자가 살짝 빛났다.

이전의 호전적이고 돌진밖에 모르던 황철성과는 분위기가 조금 달라진 듯도 싶었다.

"무학에 진도는 있었습니다만 그리 자랑할 만한 성

취는 아닙니다. 아직 많이 부족하지요."

어찌 보면 황철성의 입장에서는 모욕적으로 들릴 수도 있는 발언이었다.

그러나 그는 그저 고개를 저을 뿐이었다.

"그건 그렇고, 어쩐 일로 예까지 힘든 걸음을 하셨소? 내성(內城)에서 할 일이 많으신 분이거늘."

"하하, 저야 할 일 없이 빈둥거리는 한량에 불과하지요. 성을 위해서 고된 일 마다않는 총조장님에 비하면 전 아무것도 아닙니다."

그는 넉살 좋게 웃으며 주위를 둘러보았다.

총조장인 황철성이 거주하는 곳은 외성 영역에서도 살짝 언덕이 진 곳이었다. 그곳에는 거대하고도 폐쇄적인 수련실이 따로 있었는데, 거기가 황철성의 주거지였다. 그는 밥도 이곳에서 먹고, 수련도 이곳에서 했으며 잠도 이곳에서만 잤다. 특별한 일이 없다면 그는 이곳에서 떠난 적이 없었다.

담사운은 빙그레 웃었다.

"경치가 기가 막힙니다. 어째서 총조장님이 이곳에 자리를 잡으셨는지, 지는 석양만 보아도 알겠습니다."

"혹 내게 할 말이라도 있는 게요?"

약간의 변화가 있다 한들 역시나 그는 직설적인 걸 좋아하는 사람이었다.

담사운은 그의 성격을 알기에 잠자코 고개를 끄덕였다.

"술이라도 한잔하시겠습니까? 제가 북귀하면서 귀한 술 몇 병을 가져왔는데 이 기회에 함께 드시지요."

황철성은 가만히 담사운을 바라보았다.

다소 신경질적으로 생긴 얼굴이지만 눈빛만큼은 어린아이의 그것처럼 맑고 순수하다.

이처럼 맑고 정기 어린 눈을 가진 사람이 천하에 얼마나 되겠는가. 어쩌면 이런 면이 있었기에 담사운의 무도가 가일층 진보하지 않았나 생각이 든다.

황철성은 피식 웃으며 고개를 끄덕였다.

"그럼, 간만에 이공자님이 차려 주는 술상 한 번 보십시다."

"그거 좋지요."

둘은 웃으며 그 자리를 떠났다.

스러지는 석양만이 그들의 뒷모습을 환하게 밝혀 주고 있었다.

*　　　*　　　*

마치 화탄이 작렬한 것 마냥 바닥에 거대한 구덩이 하나가 만들어졌다.

어마어마한 굉음은 둘째 치고, 너비만 일장이고 깊이가 능히 반장은 되어 보이는 구덩이를 보며 명완석은 식은땀을 흘렸다.

'피하지 않았다면 즉사했겠군.'

진조월의 무공은 상상 이상이었다.

토막이 난 볼품없는 철검에서 흘러나오는 유장한 검기와 괴이막측한 검초는 끈질기게 목을 노려 온다.

방심했구나, 싶었을 때 터져 나오는 막강한 장력(掌力)과 권법(拳法), 각법(脚法) 등의 투술은 혼이 달아날 것만 같았다.

진조월은 강했다.

강해도 너무 강했다.

명완석은 정녕 이해할 수가 없었다.

물론 어렸을 때부터 지독한 독기로 무학을 익혀 왔다는 것을 알고, 전쟁터를 전전하며 자신의 무학을 새로이 다듬어 온 사실도 알았지만, 아무리 그래도 상상

할 수 없는 강렬함이 진조월에게는 있었다.

휘두르는 검과 밀려오는 장력의 기기묘묘함은, 살기와 악의로 얼룩졌음에도 내재된 현기(玄機)가 놀라운지라 감히 맞상대할 생각을 접게 만든다.

마도무공이면서도 현기가 깊다.

과거 무림에서도 손꼽히던 혼란의 시절, 절대로 합쳐지지 않을 것 같았던 정(正)과 마(魔)의 무공이 일체화를 이루었던 그 시절의 초상승 무공을 아무렇게나 펼쳐 내는 데 하나하나가 거의 극의에 달했다는 느낌이었다.

'괴물이다.'

자신보다 훨씬 윗길에 존재하는 고수.

그럼에도 명완석이 진조월의 마수를 피하면서 버틸 수 있었던 까닭은 바로 신법과 보법의 뛰어남이 다른 이들과 비교할 수조차 없을 정도로 대단하기 때문이다.

모든 무인들에게 있어서 하체란 가장 중요한 단련 부분이지만 특히나 독(毒)을 다루는 자들은 발재간에 쏟아붓는 열정이 대단하다.

독공(毒功)은 물론 하독(下毒)을 하며 위치를 선점하고 상대가 중독될 때까지 진득이 기다릴 줄 아는 인내심까지 키워야 하는 독인(毒人)들인지라, 신법과 보법에 투자하는 시간은 많을 수밖에 없었다.

진조월의 신법과 보법도 대단했지만 명완석의 발재간도 여간 뛰어난 게 아니었다.

더불어 명완석이 이처럼 애를 먹는 이유는 하나 더 있었다.

'왜 독이 듣질 않는 거냐!'

대놓고 독장(毒掌)을 날리지는 않았으나, 은밀하게 용독술(用毒術)을 펼쳐 진조월을 중독시키려 했다.

실제로 전투가 벌어지면서 제법 자신 있는 독 중 일곱 가지를 바람에 실려 날렸는데 정작 진조월의 얼굴에는 변함이 없었다.

중독이 된 기미가 보이질 않는다.

당황은 했지만 그만큼 자존심이 상했던 명완석은, 이번엔 대놓고 손을 뻗어 냈다.

그의 장삼이 펄럭이는 순간 육안으로 보이는 붉은 가루가 마치 무수한 화살 세례처럼 진조월에게 나아갔다.

명완석이 진정한 강자를 만났을 때만 사용하는 십대극독(十大劇毒) 중 하나, 칠보절명산(七步絶命散)으로 제아무리 고수라 한들 중독되는 순간 일곱 걸음을 걷지 못하고 쓰러져 죽는다는 무서운 독이었다.

진조월의 눈동자가 더욱 차가워졌다.

그의 왼손이 부드럽게 올라가더니 살짝 원을 그리면서 하늘로 향했다. 그러자 그의 손동작과 함께 붉은 가루들도 기묘하게 돌아가며 저 멀리 퍼져 나갔다.

중독은 고사하고 공기 중으로 퍼지지도 못하도록 공기를 압축한 뒤 허공으로 쏘아 버린 것이다.

이 기가 막힌 한 수에 명완석의 눈이 찢어질 듯 커졌다.

용독에 있어서 하수는 무조건 바람을 등지고 독을 푼다. 중수는 지형의 이점과 상대의 움직임까지 세 수 앞을 읽어 가며 차근차근 독을 풀어 낸다. 하지만 진정한 용독의 고수란 바람의 방향과 지형의 이점까지 모조리 무시하면서 상대방을 중독시키는 자.

기를 운용하여 대기의 바람까지 통제하니 적어도 용독술의 고수는 자신만의 절대적인 용독 영역을 가지고 있는 것이다.

그리고 명완석은 남천독군이라고까지 불리는 독의 고수로, 능히 주변 삼 장 이상을 자신의 통제하에 둘

수 있는 고수 중에 고수였다.

그런 고수가 장력에 실려 날린 극독을 진조월은 너무도 수월하게 흘려버린 것이다.

단순히 무공의 고하로 따질 문제가 아니었다.

독공의 고수와 무수한 싸움을 치른 경험이 없다면 감히 써 보지도 못할 술수였으니까.

"이, 이런!"

"치졸한 용독술 그만하고 네놈의 밑바닥 전부를 펼쳐 봐!"

벼락같은 고함과 함께 진조월의 파검이 하늘에서 땅으로 내려가자 동시에 한줄기 뇌전 같은 검기가 대기를 가르고 떨어졌다.

명완석이 기겁하여 몸을 돌렸다.

퍼버버벅!

소름끼치는 소리와 함께 그의 뒤에 있던 나무 한 그루가 박살이 났다. 그냥 박살이 난 것이 아니라 완전히 해체되고 그을렸는데 진정 벼락에 맞은 것 같은 모양새였다.

명완석은 등이 축축해지는 걸 느꼈다.

벼락과도 같은 검기. 막강한 위력에 어울리는 살벌

한 위용까지.

혈랑검결과 함께 마도오대검공 중 하나로 불리는 전설의 검학, 낙뢰삼검(落雷三劍)이 분명했다.

수많은 마인들이 도전했지만 워낙 익히기가 어려워 대다수가 포기했다는 절학이었고, 그만큼 검학의 위력은 무쌍이라 할 만했다.

앞뒤 잴 상황이 아니었다.

지닌바 독공을 전부 사용하면 혹여나 만년삼왕의 영기에 손상을 줄까 두려워 약간은 망설였지만 이 정도의 공격까지 당했다면 이야기가 다르다. 죽고 나서는 영약이고 뭐고 무슨 상관이란 말인가.

명완석의 눈동자가 짙은 녹색에서 완전한 검은색으로 물들었다.

흰자위까지 모두 시커먼 색깔로 도배가 된 그의 눈은 도무지 사람의 눈이 아니었다.

마침내 그를 남천독군이라 불리게 만들어 준, 천하삼대독인 중 한 명이라는 극찬을 받게 해 준 그만의 진실 된 독공이 펼쳐지려는 것이다.

진조월의 눈동자가 더욱 깊게 물들어 갔다. 드디어 상대가 승부를 걸어온다고 생각했기 때문이다.

파악!

명완석이 디딘 땅바닥이 무언가에 눌린 듯 짙게 파였다.

동시에 그의 신형이 바람처럼 진조월에게 나아갔다. 지금까지 수동적으로 피하기만 했던 모습과는 완전히 상반된 모습이었다.

그의 양손이 시커멓게 물듦과 동시에 전면으로 나아갔다.

시커먼 장력이 괴이한 소용돌이를 동반한 채 쏘아진다.

진조월은 장력이 자신의 가슴 앞까지 도달하기도 전에 머리가 순간 어지러워지는 걸 느꼈다.

독기를 발산하자마자 주변으로 퍼지게 만드는 고약한 기세.

그는 좌수를 들어 앞으로 내밀었다.

장력과 장력의 만남이었다.

무형의 거력과 시커먼 장력은 중간에서 만나 서로 깊게 어울리다가 이내 휘휘 돌아가더니 소멸하는가 싶은 순간 갑자기 쾅! 소리와 함께 터져 나갔다.

진조월과 명완석의 중간, 얼어붙은 땅이 부르르 떨

며 사방으로 돌멩이를 비산시켰다.

공간이 일그러지는 착각이 일 정도였으니 그 위력이 새삼 대단하다.

명완석의 성명절기인 흑살장(黑殺掌)을 압벽장으로 막아 내어 터지게 해 독장의 독기 자체를 소멸시켜 버린 것이다.

명완석의 눈에 살기가 돌았다.

"네놈이 이것도 막을 수 있는지 보겠다."

그의 손이 흐릿해졌다 싶더니, 일순 십육 장(十六掌)을 번개처럼 휘두른다.

빠져나갈 길을 애초에 무너뜨려 독기로 중독시키면서 함께 장력의 파괴력으로 상대에게 타격을 주는, 흑살십육소(黑殺十六燒)라는 절학이었다.

사방으로 회오리치는 시커먼 장력의 파도.

그 어디에도 피할 곳이 없어 보였다.

장력 자체의 파괴력뿐이라면 더 강한 힘으로 파괴해 없애 버리겠으나, 지독한 독기를 머금은 장력이기에 함부로 파괴조차 할 수 없다. 그야말로 상대의 소멸만을 위해 만들어진 극악의 장력이었다.

명완석은 확신했다.

이번 한 수로 진조월을 죽일 수는 없겠지만, 최소한 깊은 부상을 안겨 줄 수 있을 거라고.

한 번 독에 중독이 된 사람을 처리하는 것은 식은 차를 마시는 것보다도 쉬운 일일 터.

그는 흑살십육소를 펼치자마자 후속타를 준비하며 전면으로 나아갔다.

'네놈은 죽었다!'

그러나 언제나 반전은 생각지도 못한 곳에서 일어나기 마련이다. 명완석의 입장에서는 가히 기경할 일이 벌어지고야 말았다.

시커먼 구름으로 휩싸인 전면에서, 갑자기 진조월이 구름을 뚫고 뛰쳐나온 것이다. 찰나지간 중독이 되어 얼굴이 시커멓게 변했지만, 여전히 그의 눈동자는 얼음보다 차갑고, 손에 쥔 파검의 살기는 꿈틀대며 짙어져만 간다.

마치 지옥에서 악귀 한 마리가 뛰어 올라온 것 같았다. 놀란 명완석은 손을 뻗자, 진조월의 파검 역시 짙은 살기에 어울리는 악의 어린 칼놀림으로 허공을 유린한다.

번쩍, 하는 광채가 안탕산 전체를 뒤흔들었다.

"쿠웨에엑!"

거칠게 쓰러져 피를 토하는 명완석.

그는 부들부들 떨면서 자신의 왼손을 보았다. 정확하게는, 왼손이 있었던 자리를 보게 되었다.

손목에서부터 잘려 나간 좌수.

벼락에 맞아 탄 것처럼 시커멓게 그을린 손목은 피조차 나지 않는다.

끔찍한 고통과 내부를 뒤흔드는 파괴적인 경력에 그는 덜덜 떨며 진조월에게 시선을 돌렸다. 진조월은 중독된 기미가 있었지만 여전히 철탑처럼 단단하게 서서 명완석을 내려다보고 있었다.

명완석은 이해할 수 없었다.

무공의 대단함을 떠나서 흑살장에 속한 독기는 능히 강호에서 열 손가락 안에 들어가는 극독이 포함되어 있다.

어지간한 고수라도 펼치는 순간 중독되어 바닥을 뒹굴게 될 것이고, 절대적인 영역을 구축한 고수라 한들 독기에 침범을 당한다면 진기조차 제대로 끌어 올리지 못하게 될 것이다.

한데 진조월의 저 모습은 뭔가?

중독은 되었지만 서서히 제 낯빛을 찾아가고 있었으며, 중독이 되었음에도 자신의 손목을 자르고 내부에 타격을 줄 정도의 경력까지 전달했다.

상식적인 일이 아니었다.

명완석의 경악한 시선을 담담하게 받아들이는 진조월이지만 그도 속으로 안도의 한숨을 내쉬고 있었다.

'위험했다.'

무공의 경지로만 따지자면 명완석은 애초에 진조월의 적수가 되지 못했다.

명완석이 지금까지 버틸 수 있었던 것, 그리고 진조월이 지금까지 완전한 힘으로 상대를 짓누르지 못했던 것은 전부 명완석의 체내에서 숨 쉬고 있는 극한의 독공 때문이었다.

그러나 언제까지 지지부진하게 싸움을 끌 수는 없었다.

진조월은 명완석이 성명절기를 꺼내자마자 최단시간에 그를 전투불능으로 만들어야 한다는 걸 알았다. 시간이 지날수록 불리해지는 것은 오히려 자신이니까.

그래서 지독한 독장의 구름을 기백 하나로 뚫고 명완석에게 공격을 감행한 것이다.

물론 믿는 바가 없었다면 아무리 기백이 좋아도 사지로 뛰어드는 미친 짓을 진조월이라고 할 리가 없었다.

광야종의 거친 힘은, 비록 당무환의 축융종보다는 아니지만 순백의 양강기공이라 할 수 있다. 그것으로 독기의 발작을 찰나에 막아 낸 이후 검격을 펼친 것이다.

그리고 가장 중요한 방패가, 진조월에게는 있었다.

명완석도 그것을 알아챘는지 그렇지 않아도 경악 어린 눈을 더욱 크게 치떴다.

그의 시선은 정확하게 철검의 검파 끝, 시커먼 구슬에 향했다.

"설마……? 흑옥피마주(黑玉避魔珠)란 말이냐?"

피독주, 피수주, 피화주 등 외부의 기를 차단시켜 품은 자를 안전하게 지켜 주는 기진이보는 드넓은 세상에서도 찾아보기 힘들다.

그래서 그것들의 가치는 이루 말할 수가 없는 법.

흑옥피마주란 마기(魔氣)는 물론 사기(邪氣), 귀기(鬼氣) 등 부정한 기운은 물론이거니와, 오염된 독기(毒氣)까지 몰아내 주는 최고의 보물.

거의 전설로만 전해 내려오는 기물로써 실제로 있는지조차 확신되지 않는 보물 중에 보물이었다.

진조월은 차가운 눈을 빛내며 말조차 꺼내지 않았다. 무언의 긍정이었다.

저 볼품없는 반쪽짜리 철검에 전설적인 흑옥피마주가 달려 있으리라고 누가 생각이나 했겠는가.

명완석은 어처구니가 없어서 일어설 생각조차 할 수 없었다.

그런 그를 향해 진조월은 파검을 휘둘렀다.

공간을 격하고 나아간 살벌한 검기가 단숨에 그의 팔다리를 잘라 내 버렸다.

응당 피가 튀어야 하건만 낙뢰삼검의 경력을 품은 검기는 그것조차 함부로 허락지 않았다.

명완석은 비명을 지르며 뒹굴었고 진조월은 그에게 다가간다.

"이제 유희의 시간이다."

그의 웃음은, 유독 더 하얗게 보였다.

2.

천라지망(天羅之網)(2)

"육신(肉身)이 강건한 자는 주색잡기(酒色雜技)에 빠지지 않는 한 건강 걱정할 일이 없고, 정신이 강인한 자는 스스로 무뎌지지 않는 한 기준이 흔들릴 일이 없고, 혼(魂)이 강인한 자는 백(魄)과 분리가 되지 않는 한 천명(天命)을 거스를 일이 없다. 이렇듯 사람은 눈으로 보이는 것 이외에도 무수한 개념들로 이루어진 놀라운 기(氣)의 합(合)이라 할 수 있지만 안타깝게도 어미의 뱃속에서 나온 이래 선(仙)에 이르는 모든 가능성을 나눠 버리게 된다. 우리가 이곳에서 경전을 외고 선대의 가르침을 이어받아 수양에 힘쓰는 것은, 과거에 나뉜 정신(精神)과 신심(身心)과 혼백(魂魄)을 일치시켜 인간으로서의 한계를 벗어나 태곳적 우주의 일부로 돌아가기 위한 것이니, 이를 안다면 마땅히 고개를 돌리지 말고 자연의 부름에 응해 스스로를 바르게 세워야 함이 마땅하리라."

준엄하지도, 강건하지도 않은 말투.

그저 편안하고 부드러운 목소리. 목소리에 형태라는 것이 있다면, 하늘거리는 버드나무의 가지가 실로 이러하리라.

말하는 자의 온화함이 사방으로 넘실거리니 듣는 자들 역시 귀가 편하여 애를 쓰지 않아도 이해가 가능하다.

고아한 분위기가 그득하고 상쾌한 공기가 그들 사이사이를 파고드니 화자(話者)와 청자(聽者)들 간의 교감은 어미와 뱃속에 있는 태아의 그것에 준할 만하다.

화자로서 많은 젊은이들에게 이야기를 했던 노인은 손바닥을 딱 마주쳤다.

"오늘의 머리 아픈 강론(講論)은 여기에서 마치도록 하고, 항상 내 말한 바를 떠올리기 바란다. 내가 너희들에게 수시로 말한 바가 무엇이냐? 나의 강론이 다

무엇이라고?"

청자들은 소리 높여 대답했다.

"잡소리이옵니다!"

황당한 대답이었다.

그러나 놀랍게도 노인은 만면에 미소를 지으며 고개를 끄덕였다.

"잘 알고 있구나. 지금까지 이야기한 바는 머리에만 새겨 두되 가슴으로 받아들이지 말거라. 육신이니 정신이니 혼이니, 일치를 시키려 할 필요도 없고, 나 역시 어찌 그것이 가능한지 알지도 못한다. 다만 이것은 알고 있다. 사람으로 태어나 사람 속에 파묻혀 사람으로서 살아간다면 그것이 바로 도(道)가 아니고 무엇이냐? 사람은 사람답게 살았을 때 비로소 도에 다다를 수 있는 법. 속세(俗世)와 산을 굳이 떼어 놓지 말고 모든 곳을 아우를 수 있는 넓은 그릇이 되어라. 가슴 한가운데에 오로지 정(正)이라는 한 글자만 심을 수 있다면 더 이상 이 따분한 강론 따위는 듣지 않아도 되리라."

가벼운 미소로 이야기를 마친 노인은 그들의 인사조차 받지 않은 채 뒷짐을 쥐고 휘적휘적 걸어 나갔다.

새하얀 머리카락을 곱게 뒤로 넘긴 채 가슴께까지 내려오는 수염을 손으로 쓰다듬는 노인의 모습은 실로 선풍도골(仙風道骨)이라 할 만했다. 누가 보아도 내가 도사요, 라는 모습이었으니 실제로 그의 강론도 그러하고 풍기는 분위기도 고아하여 높은 도력을 쌓은 도사임을 짐작케 한다.

저 멀리 수려한 산세를 보며 가슴 가득 맑은 공기를 마시는 노인의 뒤로 어느새 한 명의 사내가 나타났다.

중년의 나이, 그러나 노인의 청색 도포(道袍)와는 다르게 붉고 하얀 색깔이 멋지게 배합이 된 도포를 입고 있었다. 심지어 등에는 한 자루 고검(古劍)까지 차서 도인인지 검객인지 판단이 가질 않는 이였다.

중년인은 방긋 웃으며 노인에게 말을 걸었다.

"참으로 인상적인 강론이었습니다. 특히나 마지막은 무척 파격적이어서 입만 떡 벌린 채 들었습니다."

노인은 여전히 부드러운 미소를 지으며 몸을 돌렸다.

"잘 들으셨다니 다행이오. 이 늙은이의 고약한 언사가 혹여 도우(道友)의 귀나 더럽히지 않았을까 제법 가슴을 졸였다오."

"하하, 그 어인 말씀이십니까. 화산(華山)의 딱딱한

도사들 사이에서 지내다 보니 어쩐지 어깨에 힘만 들어갔는데, 오늘 도장의 목소리를 들으니 그간 보고 익혀 왔던 공부가 모두 허사는 아닌지 의심마저 듭니다. 조만간 본문에도 한번 왕림해 주셔서 많은 가르침을 주시길 진심으로 바랍니다."

"허허, 지나친 칭찬에 몸 둘 바를 모르겠소. 하나, 일간 시간이 나면 화산에 한번 들르겠소. 내 예전부터 서악(西岳)의 절경이 천하에서 제일이라 하여 많이 궁금했는데, 그 절경과 준엄함을 보고 자란 화산의 기재들 또한 영명하다 하니 어찌 아니 가겠소? 부디 늙은이 간다고 소금이나 한 됫박 뿌리지 말아 주시길."

중년인은 턱을 긁적였다.

"이거야 원, 정녕 장문인의 언변은 당해 낼 수가 없습니다. 어쨌든 근 시일에 한 번 놀러 오십시오. 무당파의 장문도인을 맞이한다면 본 문에도 큰 영광이 아니겠습니까?"

"허헛, 부끄럽소."

"이렇게 보니, 무당산의 산세가 참으로 영험합니다. 아직 싸늘하지만 사방을 덮은 운해(雲海)가 신비롭기 짝이 없군요. 진정 도인들의 쉼터라 불릴 만한 곳입니다."

현 무당파 장문인, 현천도장은 껄껄 웃었다.

"나는 한낱 말코도사에 불과하지만, 확실히 무당산의 산세는 좋소. 그러니 이 나이 이때까지 제법 손발 놀릴 줄 아는 것 아니겠소?"

"과연. 도교의 성지로군요."

두 사람은 도란도란 이야기를 나누며 언덕 주변을 걸었다.

상당히 위태로웠지만 걷는 두 사람의 발걸음은 부드러우면서도 경쾌하여 도통 흔들림이 없었다.

이것만 봐도 두 사람의 무학 경지가 범상치 않다는 걸 알 수 있을 것이다.

중년인, 화산파의 장문인인 옥검진인(玉劍眞人)은 문득 안색을 굳히며 입을 열었다.

"현천도장. 드디어 칠왕이 세상에 나왔습니다."

현천도장은 나직이 고개를 끄덕였다.

"본도 역시 이미 알고 있는 사실이오."

"아직 철혈성에서는 모르는 모양이지만 그들의 끈질긴 시선은 이내 그들의 출도 사실을 알아낼 것입니다. 누가 뭐라 해도 천하제일세라는 명성을 떨치는 곳이며, 철혈성주의 심기 역시 대단하여 범부로서는 상상하기 어려운 위치에 있지 않습니까?"

현천도장의 눈이 하늘로 올라갔다.

마냥 맑지만은 않은 하늘.

하늘의 절반은 구름이고, 절반은 태양의 빛으로 물든 주홍빛이다.

그나마 눈이 내리지 않음이 감사하지만 날씨가 어떻든, 일단 현천도장의 심중 변동은 그다지 크질 않을 것이다.

'철혈성주.'

한때나마 사형이라 불렀던 사람이었다.

그러나 천리를 어기고 도리를 묵살하며 마땅한 법도를 어겨 천인(天人)이 될 천명을 거스르고 귀신으로 몰락한 자가 철혈성주였다.

"괜찮을 것이오. 칠왕은 과거, 아무리 후원이 있었다지만 단 일곱이서 철혈성의 전력 삼 할을 날려 버렸던 놀라운 위인들이 아니오? 당분간은 이대로 지켜봐도 무방할 것이외다."

"물론 본 문의 장로들과도 그렇게 일치를 보았습니다. 하나 불안하군요. 우리가 대놓고 나설 수 없는 현세에 칠왕들이 얼마나 버텨 줄는지……."

"잘 버틸 거요."

현천도장의 눈동자가 아주 잠시, 잠시 차가운 빛을 내뿜었다.

그러나 그 한기는 나타나자마자 사라져 천하의 고수라는 옥검진인도 알아챌 수 없었다.

"누가 뭐라 해도, 전설의 이름을 달고 사는 자들이니까."

*　*　*

명완석은 지독했다.

사람이라면 차마 눈 뜨고 보기 힘들 지경의 고깃덩이가 되었는데, 악귀라 해도 치를 떨 만한 모양새였다.

양팔과 양다리는 베어져 이전의 모습을 찾을 수 없었고, 온몸에는 뾰족하게 다듬어진 나뭇가지들이 꽂혀 있었는데 그것이 전부 교묘하게 사혈(死穴)을 비켜 갔다.

피도 얼마 나오지 않아 과다출혈로 죽지도 못한 상황이었다.

코가 베이고 입술이 베이고 눈 하나까지 뽑혔다.

생으로 갈비뼈 서너 개가 뽑혔음에도 그는 죽지 않았다. 끝까지 고통을 당하라며 진조월이 진기로 그의 원정지기를 복구했기 때문이다.

단전이 파괴되고 혈까지 엉망이 되었지만, 아직까지 명완석이 죽지 않은 이유였다. 이렇게 고문을 받을 바에야 차라리 죽는 게 편하리라.

명완석은 헐떡이며 어서 죽여 달라 말하고 싶었지만 기운이 없어서 말조차 제대로 하지 못했다.

명완석을 내려다보는 진조월의 눈동자는 냉혹했다.

저 멀리 북해(北海), 얼음의 땅이라 불리는 곳에서 살아가는 빙궁(氷宮)의 무리들이 있어 하나같이 싸늘한 안색과 철담의 성격을 가지고 있다지만, 설령 그곳에 있는 모든 이들의 싸늘함을 합쳐도 진조월의 눈빛과는 비교되지 못하리라.

화산 같은 분노도 극에 이르면 평범해지는 법이고, 더 나아가면 차가워지는 법.

진조월의 분노는 그와 같았다.

진조월은 살짝 웃으며 천천히 명완석의 귓가에 속삭였다.

"어때? 죽고 싶나?"

숨 쉬는 것조차 벅차 헐떡이며 말을 하는 명완석이었으나, 워낙 기운이 없어 제대로 된 발음이 되질 않는다.

그러나 진조월은 능히 그의 말을 알아들을 수 있었다.

그래서 그는 더욱 진하게 웃었다.

"아직 안 되지. 네놈이 그동안 살아오며 저지른 수많은 죄는 나와 상관이 없어. 하지만 적어도 나와 내 사람을 건드렸으니 그 핏값은 온전하게 받아야 하지 않겠나?"

잔혹한 말이었다.

하나만 남은 명완석의 눈에는 극심한 공포와 억울함이 가득했다.

만년삼왕이 눈앞에 있었다.

멸망한 문파였지만 오독궁의 마지막 후예로서, 그리고 한 명의 독인으로서 완성시키고 싶은 무수한 공부들이 있었다. 어찌 보면 그만의 꿈이라 할 수 있겠다.

그러한 꿈들이, 눈앞에 있다가 단박에 무산이 된다.

그 허탈함과 절망감은 맛보지 않은 자는 알 수 없으리라. 더불어 너무나도 선해 신경조차 쓰지 않았던 애송이가 귀신이 되어서 돌아와 자신을 말 그대로 죽이고 있었다.

무림에 나서는 순간 삶과 죽음의 경계에서 선다는 이치를 누구보다 잘 아는 명완석이었다. 그래서 자신이 다루는 독보다도 독해졌고 자신을 제외한 어떠한 사람들도 믿지 아니하였다.

그럼에도 이런 결과가 나왔다.

명완석은 하나만 남은 눈을 푸들푸들 떨며 기어이 입을 열었다.

"……여 주게."

"똑바로 말해라."

말하는 것조차 힘에 부치지만 그는 다시 호흡을 골라 나름대로 또박또박 말했다.

"내 그래도 무림에 나와 독하게 살았을지언정…… 죽음 앞에 눈을 돌릴 생각은 없네. 언젠가는 누군가의 손에 죽을 거라 상상하곤 했는데, 지금이 그때인 것 같군. 더 이상 모욕을 주지 말고 무림인답게 명예로이 죽여 주게."

진조월의 얼굴이 살짝 일그러졌다.

우는 것도, 화난 것도 아닌 묘한 표정이었지만 충천

하는 살기는 더해져만 갔다.

"나 역시 무수한 죄를 저지른 몸이니 죄벌에 따라 모욕을 주는 것에 대해 말할 자격이 없는 것을 안다. 그러나 조금 전에 말했듯이 넌 실수했어. 적어도 나를 죽였을지언정 내 사람만큼은 건드리지 말았어야 했다."

그의 눈동자가 더욱더 차가워졌다.

"승자가 패자의 모든 것을 가져가는 곳 또한 무림 아니던가? 네놈은 무수한 사람들을 장난감처럼 다루었음에도 스스로는 명예롭게 죽기를 바라나? 내 상식 안에서는 이해하기 어렵군, 명완석."

명완석의 눈동자에 공포가 짙어졌다.

"이런 상황에서 주둥이만 나불대는 취미는 나 또한 없다. 필요가 없지 않나. 또한 이렇게 내가 주절대는 것도 의미가 없는 일이지."

그는 명완석의 허파를 교묘하게 비켜 간 나뭇가지를 비틀었다. 명완석이 거칠게 꿈틀거리며 입을 떡 벌렸다. 부들부들 떠는 몸이 그가 겪는 고통의 농도를 단적으로 보여주고 있었다.

진조월의 눈이 어느 순간 살짝 흔들렸다.

"하지만 묻고 싶은 것은 있으니, 대답 여부에 따라

네놈의 죽음을 앞당겨 주겠다."

"……!"

"소영, 그녀는 지금 어디에 있나."

"크큭."

피가 들끓어 올라 목을 울리는 명완석이었다.

그는 몸을 떨다가 최대한 힘을 모아 말한다.

"……그녀가 어디에 있는지 말해 주면 날 죽여 주겠는가?"

"판결은 내가 한다. 넌 말만 하면 되는 거야."

온몸에 박힌 나뭇가지 중 두 개를 쥐고 거칠게 비트는 진조월이었다.

명완석은 다시 한 번 온몸을 관통하는 통증에 입만 떡 벌렸다.

"말해라. 그녀는 어디에 있나."

"크윽. 확실한 약속을 받아 내지 않은 이상 나 또한 말하지 않겠다."

명완석의 눈에 발작적인 독기가 피어올랐다.

심성의 좋고 나쁨을 떠나 그 역시 하나의 분야에서 정점을 찍은 장인에 다름이 아니었으니, 수십 년간 자신의 영역에서 자부심을 갖고 살아온 무인다웠다.

그러나 그런 그의 자부심과 명예로움도 진조월에게는 통하질 않았다.

"뭔가 착각하는 것 같은데, 굳이 네놈에게 묻는 것은 일을 조금 더 쉽게 풀고자 함이다. 나는 무슨 수를 써서라도 알아낼 것이고, 이윽고 찾아내겠지. 지금 네가 말하지 않아도 상관은 없어."

진조월은 벌떡 일어나 등을 돌렸다.

"혀조차 깨물지 못하니 언제까지나 그렇게 있어라. 적어도 나흘은 숨이 붙어 있을 게다. 네놈의 피냄새를 맡고 몰려들 짐승들이 얼마나 많을지는 나도 모르겠군."

산채로 짐승들에게 뜯어먹혀라, 잔인하게 말하는 진조월이었다.

명완석은 다급해졌다.

"알려, 알려 주겠다!"

진조월은 걸음을 멈추었다.

그러나 요지부동, 여전히 명완석에게는 등을 돌린 채였다.

"그녀는, 그녀는 지금 철혈성의 내성 비선각(秘仙閣)에 있다!"

진조월은 살짝 입술을 깨물었다.

주먹을 쥔 그의 손이 떨려 왔다.

비선각.

철혈성에서도 성주와 극히 일부 고수들만이 출입이 가능하다는 요지 중 한 곳. 심지어는 철혈성주의 제자들조차 출입을 금하게 하니 그곳이 어떤 곳인지, 어떠한 존재들이 있는지, 무슨 일을 하는 곳인지조차 모른다.

다만 풍문으로 들리는 말에 의하면 철혈성 최고, 최악의 비밀병기를 만드는 곳이라고 하였다.

검증된 자가 아니라면 누구도 들어갈 수 없는, 최대의 비지(秘地).

그곳에 벽소영이 감금되어 있다는 뜻이리라.

강호에는 무수한 무인들이 존재하고 그중 팔 할 이상이 남성이며, 거의 대부분이 거칠게 살아온 이들. 특히나 천연 무사들인지라 인의예지를 중하게 여기지 않고, 오로지 무(武) 하나만을 위해 살아온 이들이 대부분일 터.

협(俠)이 사라지고 쟁투(爭鬪)와 은원(恩怨)이 얽히는 최악의 아수라장이 현 무림이다.

이런 무림에서 무예 한 자락 배우지 못한 여인은, 특히나 미색이 뛰어난 여인은 일 년도 버티기 힘든 난장판이니.

연약한 여인에게 강인한 남성들은 때때로 악몽에 다름이 아닐 터. 벽소영이 어떤 고초를 당하고 있을지 상상만 해도 피가 거꾸로 솟는 느낌이었다.

진조월은 피눈물이 나올 것 같은 기분에 몸이 떨려왔다.

천천히 고개를 돌리는 진조월.

명완석은 하나 남은 눈을 힘겹게 떠 진조월의 눈동자를 바라보다가 질끈 감아 버렸다. 도무지 똑바로 바라보지 못할 정도로 진조월의 눈동자는 무시무시했다. 동공이 파열될 것만 같은 기분에 명완석은 오줌을 지렸다.

지금 진조월의 모습은 분명 사람이라 보기에 무리가 있었다.

천천히 걸어와 살짝 한쪽 무릎을 꿇고 앉은 진조월은 명완석의 얼굴을 틀어쥐었다.

"그녀는 지금 어떤 상태인지, 네놈들이 그녀에게 무슨 짓을 했는지, 제정신이 아니라는 말은 도대체 무엇인지 이실직고 말하라."

지옥의 악마들이 고요하게 속삭이는 느낌.

여태껏 볼 수 없었던 극한의 분노에 명완석은 저절로 입이 열리는 신기한 경험을 할 수 있었다.

그는 많은 말을 했다.

자력이 아닌 강제로 입이 열리게 되는 모습이었다.

이전, 전투가 벌어질 때부터 멀리서 이들의 대화를 들었던 제영정과 여설옥은 얼굴이 창백해졌다.

감히 가까이 다가갈 수조차 없을 정도로 흉험한 대결이었지만, 지금은 다르다.

젊은 나이였으나 그들의 무위가 낮지 않았고 먼 거리를 격해서 대화를 들을 정도로 뛰어난 청각과 생생한 내공이 있었으니 진조월과 명완석의 대화는 아무런 가공도 거치지 않은 채 젊은 남녀의 귓가로 아스라이 파고든다.

진실의 여부를 떠나서 명완석이 내뱉은 말은 철혈성에 몸을 실은 제영정과 여설옥에게 끔찍한 충격을 안겨 주기에 충분했다.

비록 정도(正道)를 표방하지 않았으나 누구보다 바르고 호탕하다 생각했던 철혈성의 진면목 중 얕은 한

자락을 알게 된 그들은 제정신이 아니었다.

진조월은 가볍게 숨을 골랐다.

모든 말을 다 마친 명완석은 온몸을 점거하는 공포에 결국 눈을 까뒤집었다. 바로 앞에서 꿈에서도 상상하지 못한 살기를 대하자 정신이 파괴되기 시작한 것이다.

결국, 죽어도 죽는 줄 모를 것이고, 짐승들에게 먹혀도 먹힌 줄 모를 것이다.

진조월이 차가운 눈으로 명완석을 보다가 이내 몸을 돌렸다.

몸을 돌리기 전 그가 날린 지풍(指風)은 단번에 명완석의 숨통을 끊어 버렸다.

그렇게 천하삼대독인 중 한 명이며, 철혈성의 숨겨진 독아(毒牙), 천하에서 가장 무서운 살수라 불리었던 남천독군 명완석은 목숨을 잃었다.

지닌 악명에 비견될 정도로 최악의 죽음을 맞이했으니, 이 또한 인과응보라면 인과응보라 할 수 있으리라.

진조월은 어느 순간부터 체내에서 거칠게 날뛰려는 광야종을 살짝 다독였다.

분노와 살기를 받은 광야종은 물 만난 고기마냥 기

빠하며 사방으로 힘을 전파하려 하였다. 그는 숨을 고르며 머리끝까지 치솟는 분노와 살기를 다듬었다.

아직은, 때가 아니다.

광야종을 풀어 줄 때는 따로 있으리라.

그는 최대한 냉정한 신색을 갖추고 제영정과 여설옥에게 다가갔다.

살기가 짙음에도 그가 아직까지 제정신인 이유는 여러 가지가 있겠지만, 이러한 냉정함 역시 큰 몫을 했을 것이다.

무수한 충격과 무수한 경험들은 그에게 단단함과 냉정함도 선물로 해 주었다.

여설옥은 멍한 표정으로 하늘 어딘가를 바라보았고, 제영정 역시 무릎을 꿇은 채 갈 곳 잃은 눈물을 흘리고 있었다.

마음의 준비를 했다고는 하나, 성내에 그런 끔찍한 일이 자행되고 있다는 사실이 젊은 그들에게 말도 못할 충격을 안겨 주었던 게다.

진조월은 한숨을 쉬었다.

아직 세상의 쓴맛을 제대로 겪어 보지 못한 이들이었다. 믿었던 곳에 대한 배신감과 끔찍함이 얼마나 심각한 고통으로 다가오는지, 굳이 보지 않아도 충분히 알 수 있었다.

이럴 때는 다독여 주는 것도 필요가 없다.

하나 그럴 성격도 되질 못한다. 진조월은 가만히 팔짱을 끼고 북쪽을 바라보았다.

나무와 나무로 가려진 저 너머, 철혈성이 있는 곳.

그곳에 벽소영이 갇혀 있으리라.

'조금만, 조금만 기다리시오. 내 때가 되면 반드시 그대를 구해 주리다.'

그렇게 얼마만큼의 시간이 지나갔을까.

일순간 진조월의 눈동자가 희미한 광채를 발했다. 그는 묵직한 목소리로 말했다.

"정신들 차려라. 살기가 주변을 지배하고 있다."

제영정과 여설옥이 흐릿한 눈으로 진조월을 바라보았다.

그는 입술을 살짝 깨물었다.

"철혈성, 빠르군."

*　*　*

신일하는 뜨끈한 차를 마시며 창가를 바라보았다.

추운 겨울이 마지막 기세를 발하고 스러질 때였다.

조만간 봄의 새싹이 달아오를 것이고, 이내 생명이 태동하는 계절이 안개처럼 조용히 세상을 덮을 터, 그 때가 되면 만물의 생동감이 아지랑이처럼 일어나 얼어붙은 죽음의 차가움을 깨트리리라.

모든 것의 시작, 그리고 모든 것의 생함인 봄은 신일하에게 가장 기분 좋은 계절이었다.

문득 신일하의 표정에 그림자가 드리워진다.

'만물이 기지개를 켜는 계절이 다가오지만 정작 세상을 덮는 어둠은 깊어져만 가니, 참으로 힘겨운 한 해가 될 것이로다.'

철혈성주의 말도 안 되는 야망.

어떤 미친 몽상가의 꿈이라 치부하면 속이라도 편했을 것을, 실제로 철혈성주는 그 야망을 차근차근 이뤄내기 위해 극한의 노력을 쏟아붓고 있었다.

노력에서라도 그쳤다면 좋았을 것이다. 심지어 그는 무자비한 추진력으로 자신의 야망을 달성시키기 위해 타인의 삶을 지옥으로 끌어내리는 걸 더불어 완성을 목전에 두고 있었다.

정파에 속한 무인, 강남의 상권을 틀어쥔 대상인 등 모든 신분을 떠나서 한 명의 인간으로서 신일하는 철혈성주의 미친 야망을 두고만 볼 수 없었다.

그는 가볍게 한숨을 쉬어 모락모락 김이 나는 차의 뜨거움을 조금씩 식혀 갔다.

그때였다.

천장에서 시커먼 옷으로 몸과 얼굴을 가린 괴인(怪人) 한 명이 그림자처럼 나타나 부복하였다.

"가주님."

"무슨 일인가, 일영(一影)?"

"철혈성 절강지부의 무인들이 대거 움직였다는 급보입니다."

신일하의 눈썹이 살짝 찌푸려졌다.

"절강지부? 그쪽이 무슨 일로 무인들을……?"

그의 말이 끝나기도 전에 다시 한 명의 그림자가 떨어져 부복하였다.

마찬가지로 검은 무복에 검은 두건을 쓴 사내였다.

"가주님. 철혈성 안휘지부의 무인들이 삼 일 전, 대거 움직였다는 급보가 올라왔습니다."

신일하의 눈동자가 커졌다.

"안휘지부의 무인들까지?"

절강지부의 무인들은 물론이거니와 안휘지부의 무인들까지 이동했다면 이거 보통 일은 아니리라. 그의 눈썹이 한껏 일그러질 때였다.

또 다른 그림자가 그의 앞에 나타나 부복하였다.

신일하는 설마, 하는 표정으로 그를 보았다.

"가주님. 철혈성 강서지부의 무인들이 대거 움직였다는 급보이옵니다."

"허! 도대체 무슨 일이……?!"

총 세 개의 성에서 주둔하고 있는 철혈성의 무인들이 갑작스레 움직인 것이다.

보통 일이 아님을 넘어 심각한 일이 분명했다. 그는 모락모락 피어나는 찻잔에 손을 대며 뛰는 가슴을 진정시켰다.

'전쟁이라도 벌일 참인가? 한데 왜 그들이 움직이고 있단 말인가?'

그는 마음을 다독이며 입을 열었다.

"대저 그들이 왜 움직이고 있다는 것이냐? 아니, 일단 그들이 어디로 이동……."

그의 말이 끝나기도 전에 다시, 한 명의 그림자가 떨

어졌다.

신일하는 기가 차서 말도 잇지 못하였다.

"또 철혈성이냐?"

"가주님. 철혈성 복건지부의 무인들이 오 일 전 급박한 움직임을 보였다고 합니다."

총 네 개의 성에서 철혈성 지부에 속한 무인들이 한꺼번에 움직였다는 것은 무슨 뜻일까? 신일하는 벌떡 일어났다.

"그들이 움직이고 있는 곳은 어디냐? 도대체 왜 그들이 단체로 나선단 말이야?"

처음 나타난 그림자, 일영이라 불린 남자는 고개를 조아렸다.

"목적은 모르겠사오나 절강지부의 철혈성 소속 무인들이 향하는 곳은 절강 남부였습니다."

신일하가 나머지 사내들을 바라보았다.

아무런 말도 하지 않는 그들이지만, 아니 아무런 말도 하지 않았기에 그들의 대답은 여일(如一)하리라.

철혈성 절강지부, 안휘지부, 강서지부, 복건지부의 모든 무인들이 절강 남부로 향하고 있다는 것이다.

천하제일세라 불리는 철혈성이 한 성에 주둔시킨 무

인들의 수는 평균적으로 대략 삼백에서 오백에 가깝다.

게다가 철혈성의 위치상 강북에서 막강한 영향력을 행사하고 있으나 강남은 상대적으로 약할 수밖에 없으니, 강인한 고수들을 상당수 강남으로 파견하였다. 그렇다면 못해도 이삼백이 넘는 고수들이 속한, 천이 넘는 무인들이 절강 남부로 향하고 있다는 뜻이다.

신일하는 입을 떡 벌렸다.

나라 대 나라의 전쟁에서 수천의 병사들이 맞붙는 경우는, 많지는 않더라도 가끔 발생할 수 있다.

하지만 강호 무림에서 천 단위의 무인들이 동원되는 경우는 강호 역사를 찾아보아도 별로 없는 실정이다.

절대고수가 속해 있지는 않다 할지라도, 숫자만 봐도 이건 무시무시한 전력.

게다가 절강은 그렇다 치고 안휘와 강서, 복건이라면 절강을 완전하게 둘러싸고 있는 성들이 아니던가. 강소성을 제외하고 인접한 세 개의 성은 물론 절강 자체의 철혈성 무인들까지 절강 남부로 향했다?

그는 멍하니 바닥을 바라보다가 문득 벼락을 맞은 듯 몸을 떨었다.

'설마?'

그는 재빠르게 입을 열었다.

"절강 남부로 향한 철혈성 무인들의 동태를 더욱 세밀하게 살피도록 하라! 혹 미세한 움직임이 있을 시에 바로바로 보고하도록 해!"

"존명!"

바닥에 부복했던 그림자들이 사라지고 신일하는 재빨리 가주실에서 나왔다.

그는 가주의 체신도 잊은 채 신법까지 펼쳐 달려갔다.

그가 향하는 곳은 백성곡과 당무환이 기거하는 객당이었다.

* * *

사방에서 몰려오는 무인들의 예기(銳氣)는, 비록 숨긴다고 숨겼지만 팔방으로 뻗어 나가는 기괴함이 있었다.

숨겼기에 더욱 음험하고 치명적으로 느껴지는 기파였다.

진조월은 자신의 기감을 최대한 넓혀 산 전체를 둘

러보기에 이르렀다.

심력과 기를 소모하는 일이었지만 느낌이 좋지 않았다. 전부 느끼진 못하지만 수백 번 아수라장을 겪은 그의 육감이 말해 주고 있었다.

'대군(大軍)이 몰려들고 있다.'

전장에서 소수의 병력을 운용했다가 함정에 빠졌을 때가 있었다.

야차왕이라 불리었던 그때, 야차부대 몇몇을 선발하여 침투작전을 행했던 그때의 기억이 떠올랐다.

이 기분 나쁜 압박감. 어디를 돌파하려 해도 길이 보이지 않는 막막함. 마치 안개 속을 헤매는 듯한 불쾌함.

그는 이를 악물었다.

'적어도 수백에서, 천 단위.'

산 전체가 고요해졌다.

비록 기를 개방하여 영역을 읽어 버리는 힘을 소유하지 못한 제영정과 여설옥이었지만 그들 역시 급속도로 냉각되는 산의 공기를 읽을 수 있었다.

어디서 이만한 수의 무인들이 몰려왔을까?

답은 금세 나왔다.

'철혈성.'

철혈성이 아니라면 이렇게 급작스럽게, 심지어 천이 넘는 무인들을 급파할 수가 없다.

문제는 그들이 어찌 이리도 빠른 행보를 펼칠 수 있느냐, 였다. 적어도 제영정과 여설옥 때문은 아닐 것이고, 그렇다면 어디서 정보가 새기라도 했던 것일까?

진조월은 고개를 흔들어 상념을 떨쳤다. 지금은 이유를 생각할 때가 아니었다.

그는 제영정과 여설옥을 바라보며 말했다.

"산 전체에 천라지망(天羅之網)이 펼쳐졌다. 빠져나가기 어려울 것 같다. 그래도 돌파해야겠어."

충격이 가시지도 않은 상태에서 뒤통수를 후려갈기는 말이었다.

여설옥은 얼떨떨한 얼굴로 말했다.

"천라지망이라니요?"

"철혈성에서 무인들을 급파한 듯하다. 느껴지는 기세가 제법 장중한데 그 숫자가 물경 천에 이른다. 힘든 싸움이 될 터이니 아랫배에 힘을 주고 따라와라."

두 젊은이들은 입을 떡 벌렸다.

"흩어지면 죽는다고 생각해라. 성에 연락을 취하지

않았을 때부터 너희 또한 이들의 표적이 될 수 있는 가능성이 있었다. 어차피 양쪽 모두 섬멸전(殲滅戰)이 될 터, 흔들리는 마음 다잡고 나를 따라 무조건 돌진해야 할 것이다."

진조월은 살벌한 공기 속에서 스스로 놀라우리만치 냉정해지는 걸 깨달았다.

전장의 향기, 비릿한 피 냄새가 코밑을 맴돌다가 사라졌다. 불쾌하지만 너무나도 익숙한 분위기가 그의 몸을 찰나지간 전투태세로 몰고 간다.

검을 쥔 그의 손에서 힘줄이 돋았다.

'이유는 모르지만 분명 탄탄한 그물을 만들었을 터. 절강의 북부로 향하는 길과 남부 복건으로 향하는 길은 확실한 그물로 주둔시켰을 가능성이 높다. 그렇다면 뚫어야 할 곳은 어디인가?'

북서쪽? 매력적인 공간임이 틀림없다.

그러나 진조월은 고개를 저었다.

'어떻게 알았는지 모르지만 이들의 행동력으로 보았을 때 전략전술에 능한 자가 있다. 그렇다면 오히려 쉬운 퇴로라 생각한 북서 방향에 소수의 강자들을 모아 놓았을 확률도 배제하지 못한다. 이래저래 비슷하다면……?'

그의 차가운 눈동자가 희미한 광채를 발했다.

'무조건 북방을 뚫는다.'

그는 제영정과 여설옥에게 말했다.

"북쪽으로 향할 것이다. 어차피 저들은 우리의 존재를 알고 있을 것이되, 최대한 은신에 집중하여 신법을 전개하라. 속도는 늦추고 기감을 넓혀라."

그렇게 세 명의 남녀는 북쪽을 향해 거친 산길을 나아갔다.

동장군의 위세가 떨어진 시기라 하나 아직 거친 바람이 살을 엘 날씨 속에서.

훗날 오왕(烏王)이 벌이게 될 학살전(虐殺戰)의 신호탄이라 불리는 철혈대전(鐵血大戰)의 첫 전투가 벌어지려 하고 있었다.

삼(三) 대(對) 일천사백(一千四百)의 전쟁이었다.

* * *

철혈성에서 보낸 절강지부의 지부장은 귀랑요권(鬼狼搖拳)이라 불리는 도성광(桃聲光)이었다.

올해 나이 마흔여섯인 도성광은 약관의 나이에 강호

무림에 출도하여 오로지 두 주먹으로 일흔다섯의 유명한 권법가들을 격퇴시키며 강호의 떠오르는 신성으로 불리던 권법의 대가였다.

비록 세상을 떠도는 거친 낭인으로, 그와 사귀기 좋아하는 사람은 몇 없었지만 무예에 대한 순수한 열정이 참으로 대단하여 나이 마흔에 철혈성 절강지부 지부장을 맡게 된 고수 중에 고수였다.

그는 가만히 뒷짐을 쥔 채로 안탕산의 절경을 느꼈다.

"좋은 산이다. 내 그간 바빠서 천하의 명산이라는 이곳에 오지 못했거늘, 대어 한 마리 낚을 때가 되어서야 왔구나. 어떤가, 산홍? 산세가 기가 막히지 않은가?"

부지부장이자 도성광의 오른팔이라 할 수 있는 명부마도(冥府魔刀) 강산홍(姜山鴻)은 웃으며 고개를 끄덕였다.

그 역시 귀랑요권이라 불리는 도성광에 비해 크게 떨어지지 않는 명성을 자랑하는 고수로써 한때 강북에서 수많은 생사전을 벌이고 살아남은 도법의 달인이었다.

"저야 한때 이곳에 들렀던 적이 있었는데, 그때는 여름이라 푸른 공기가 인상적이었습니다. 한데 이리 보니 겨울의 산세 역시 여름에 비해 부족하지 않군요."

"허헛. 대저 명산(名山)이라 함은 계절의 날씨에 구애받지 않는 아름다움으로 세상을 향해 미색을 뽐내는 법 아니겠는가. 오악(五嶽)의 명성에 가려졌지만 이 산 역시 능히 그에 비해 떨어지지 않구먼."

"이처럼 아름다운 산이 피에 젖을 것이 안타까울 뿐입니다."

도성광 역시 고개를 끄덕이며 동의하였다.

"나 역시 자네와 같은 심정이지만, 어쩌겠는가? 제 근본을 부정하며 천륜으로 맺어진 스승에게 칼을 겨눈 패륜아라면 무슨 수를 써서라도 잡아야겠지. 더군다나 세상에 다시 나온 패륜아의 무공이 되레 이전보다 강건하여 일파의 문주라 해도 모자람을 느낄 정도라니, 통탄할 일일세. 다른 땅이 더러워지기 전에 어서 잡아야겠네."

"지부장님의 말씀이 심히 옳습니다."

그때였다.

산의 팔부능선이라 할 수 있는 곳에서 자그마한 폭

죽이 하늘 높이 피어올랐다. 붉은 빛깔의 폭죽이라면 마침내 표적이 움직였다는 뜻이리라.

"움직인 모양이군."

강산홍은 뒤를 바라보며 대기하고 있는 무인들에게 외쳤다.

"모두 각자 위치로 돌아가 진세를 만들어라!"

"존명!"

짧게 대답한 삼백의 무사들이 무서운 속도로 움직였다.

그들의 움직임을 본 도성광은 만족한 듯 미소를 지었다.

움직임 하나에도 절도가 있었고 탄력적인 몸에는 힘이 한가득이니 이러한 무인들 숫자가 삼백이라면 어떤 고수라도 잡아낼 수 있을 거라 생각했다.

철혈성의 영향력이 상대적으로 빈약한 강남인지라 급파된 무인들의 수준은 반대로 되레 높다 할 수 있었다.

무공 자체의 경지는 본 단의 무사들보다 낮을지 모르나 거칠게 살아와 실전 속에서 살아남은 일당백의 무사들이니 그 강인함은 여느 문파의 무사들과 비교해도 결코 뒤떨어지지 않을 것이다.

거칠게 살아온 무사들의 힘이 이런 천라지망의 진세와 만났을 때 얼마나 높은 활용도를 자랑하는지 도성광은 물론 강산홍 역시 잘 알고 있었다.

게다가 이곳에는 네 성의 지부 전력만이 온 것이 아니었다.

철혈성 본 단에서 급파시킨 두 개의 정예부대까지 도달했으니 사실상 표적은 잡힐 수밖에 없으리라.

'시작이 좋군.'

그렇게 얼마의 시간이 지났을까?

도성광은 살짝 미소를 띄운 채 산을 바라보다가 이내 고개를 갸웃거렸다.

"벌써 이각이나 지난 듯한데 어째 별다른 기미가 보이질 않는군. 설마 움직이지 않고 체력을 비축하고 있는 것인가?"

강산홍이 고개를 저었다.

"한 번 폭죽으로 자신들의 위치가 알려졌다면 심리적으로 쫓기는 상황인지라 체력을 비축할 만한 정신상태가 되진 못할 것입니다. 뭔가 일이 있……."

그때였다.

다시 한 번 붉은색의 폭죽이 하늘 높이 쏘아져 터졌다.

도성광과 강산홍의 얼굴이 굳어졌다.

잠잠하기에 뭐하나 싶었더니 폭죽이 터진 장소가 자신들이 있는 곳에서 얼마 떨어지지 않은 곳이었다.

믿을 수 없는 일이다.

팔부능선, 그것도 평범한 사람이라면 거의 보이지도 않을 저 너머에서 터진 폭죽이었는데 단 이각이라는 시간 만에 이쪽 능선까지 타고 넘어왔다?

신법에 자신이 있는 무인이 아무런 걸림돌 없이 질주했다면 모를까, 무수한 무인들이 깔려 있는 산 전체에서, 도저히 그들의 눈을 피해 이동할 만한 거리가 아니었다.

결국 둘 중 하나.

표적이 익힌 무공이 강호에서 짝을 찾기 힘들 정도로 은밀하거나 아니면 압도적인 속도와 실력으로 폭죽을 터트리기도 전에 무수한 무인들을 황천길로 보냈거나.

도성광이 외쳤다.

"진세를 다시 한 번 확인하고 재구축하라! 아무래도

보통 놈이 아닌 모양이다!"

시작은 좋았으되 지금은 영 불안하다.

무인들이 죽었다면 단말마의 비명 소리라도 들렸어야 정상인데 그조차도 없이 조용했다. 그는 주먹을 슬그머니 쥐었다.

'보이지 않으니 알 수가 없어 답답하구나. 도대체 무슨 일이 벌어지고 있단 말인가?'

저 하늘 높은 곳에서 불길한 뭔가가 날아오르고 있었다.

보통 까마귀보다도 더욱 큰, 가히 까마귀 중 왕이라 불리어도 부족함이 없는 커다란 까마귀가 도성광과 강산홍의 머리 위에서 맴돌고 있었다.

아름다운 경치로 명성이 높은 안탕산에 먹구름이 끼어 가고 있었다.

3.

천라지망(天羅之網)(3)

제영정은 입을 떡 벌렸다.

비록 연이은 충격으로 제정신이 아니었지만 진조월의 뒤를 따르면서 그의 무위를 확인하는 것은 어려울 것이 없었다.

오히려 그를 쫓으며 기를 숨기고 발을 놀리는 게 더 힘들 지경이었다.

진조월은 파검조차 뽑지 않았다.

은밀하게 나무와 나무 사이를 이동하며 곳곳에 숨어든 무인들의 뒤를 점해 손가락으로 사혈(死穴)을 점하는데, 그 은밀함이란 가히 타의 추종을 불허할 지경이었다.

자신과 여설옥보다 확실히 빠른 움직임이었지만 이전에 비해 빠르다고 할 수도 없는 움직임이었다.

적당한 속도로 파고들어 순식간에 사혈을 점하는 행동들 하나하나가 너무나도 정확하고 자연스러워 당하는 무인들조차 자신이 죽는지도 모르고 있었다.

'엄청나다.'

충격을 잊게 만드는 또 다른 충격이었다.

그렇게 폭발적인 살기로 세상을 불태울 것 같았던 진조월인데 그 엄청난 살기를 한 점 흘리지 않고, 기척까지 감춘 채 다가가는 능력은 마치 허깨비를 보는 듯했다.

그렇다고 살수의 무학을 익힌 것 같지는 않고, 다만 드높은 경지에서 깨달은 바를 몸으로 발산하는 모양새랄까?

최소의 힘으로 최대의 성과를 내는, 가히 암습의 교본과 같은 모습이었다.

기척을 숨기고 나무나 바위 뒤에 숨어 일순간에 상대의 존재를 지워 버리는 모습이 그야말로 최고의 암살자라 불리기에 부족함이 없었다.

'진 사형의 무공은 도대체 어디가 끝이란 말인가?'

질투조차 나지 않는 강건함과 드높음이었다.

얼마의 시간이 지났는지 알 수는 없다.

다만 흐트러지는 호흡을 정리하고 따라붙기 바쁜 제영정은 최대한 스스로를 낮출 수밖에 없었다.

진조월은 무수한 나무에 휩싸인 경계에서 잠시 숨을 돌리고 제영정과 여설옥에게 전음을 날렸다.

—여기서 잠시 휴식을 취하도록 한다.

그렇지 않아도 기척을 감추는 데에 능하지 못한 제영정과 여설옥인지라 진조월의 전음은 꿀물과도 같았다.

둘은 누가 먼저랄 것도 없이 바위 뒤에 몸을 숨긴 채 호흡을 골랐다.

생각 같아서는 운기조식이라도 하고 싶지만, 언제 적들의 공격이 다가올 줄 모르니 그조차 여의치가 않았다.

이미 그들은 알게 모르게 천라지망을 펼친 그들을 '적' 이라 생각하고 있었다.

그것은 확실하게 철혈성에 대한 마음을 정리하기 이전, 진조월을 우선 따른다는 마음의 영향이 컸으리라.

명분을 따질 상황은 아니지만, 굳이 나선다면 명분

역시 확실하다.

철혈성 측에서는 사문의 패륜아와 함께 한다는 것만으로도 능히 공격 받아 마땅하다는 명분을 내세울 것이고, 제영정과 여설옥 측에서는 그를 무력으로 잡을 수 없으니 설득으로 철혈성으로 보내기 위해 함께 했다는 식의 명분을 세울 수 있었다.

그러나 이러한 명분의 싸움이 시작된다면 진정으로 제영정과 여설옥은 철혈성과 척을 지게 될 터. 아직은 미지근한 현재의 상황이 좋다.

제영정도 제영정이지만, 여설옥 역시 많은 생각을 가지게 되었다.

설마 철혈성을 나올 때, 이런 상황을 맞이하게 될 줄은 상상조차 하지 못했던 그녀였다.

그것은 철혈성 측이나, 제영정이나, 자신이나 마찬가지이리라.

하지만 과거를 뒤적이는 것은 무의미하다는 것을 여설옥은 금방 깨달았다.

그것은 명완석이 진조월에게 했던 발언으로 인한 것이었는데 철혈성의 비밀 중 하나를 알게 된 그녀는 역시 보이는 것보다 보이지 않는 곳에서 벌어지는 일이

크다는 걸 직접적으로 깨달을 수 있었다.

사람은 한 번의 충격과 경험으로도 완전히 달라질 수도 있다. 좋은 쪽으로든 나쁜 쪽으로든.

다만 불안정할지라도 트이는 시야가 넓어짐은 부정하기 어려울 터, 여설옥은 한 번의 경험으로 제법 많은 것을 깨우쳤다.

'우선 현재와 앞날을 생각해야만 한다.'

확실히 그녀의 오성은 제영정보다 뛰어난 부분이 있었다.

아직 혼란에서 빠져나오지 못한 제영정이었지만, 여설옥은 한발 앞서 미래를 위해 어찌 행동할 것인가, 까지를 생각하고 있었다.

'우선적으로 이곳을 벗어나야 해.'

좋든 나쁘든 진조월과 함께 있다는 것만으로도 철혈성 측에서는 자신들을 공격할 것이다.

누구라도 그럴 것이다.

그렇다면 최선의 수를 생각하여 이곳에서 벗어나 앞날을 생각해야만 한다.

현재에 집중해야만 한다.

그때 저 멀리서 기묘한 소성이 울렸다. 아주 작았지

만, 귀를 시원하게 해 주는 소리였다.

동시에 소름끼치도록 깨끗하여 온몸에 닭살을 돋게 만드는 소리이기도 하였다. 여설옥은 반사적으로 검을 뽑아 휘둘렀다.

차창!

그녀는 손아귀를 진동케 하는 힘에 눈살을 찌푸렸다.

어느새 그녀의 발밑에는 자그마한 화살 하나가 나뒹굴고 있었다.

일반 화살보다 작고 얇은 화살. 어찌 보면 어린아이들의 장난감이라 생각할 정도로 축소된 살이다. 그러나 그것을 본 제영정과 여설옥의 표정은 한껏 굳어졌다.

"세우시(細雨矢)?!"

보통 화살보다 훨씬 작고 가느다란 화살이지만 특정 활에 걸려 쏘아지면 보통의 강궁(强弓)보다 두 배 이상의 거리를 날아가고 속도 역시 무자비할 정도로 빠르다는, 살상력 높은 화살이었다.

세우시를 사용하는 궁수(弓手)들의 집단.

진조월의 눈동자가 한층 더 차가워진다.

"등천용궁대(登天龍弓隊)……."

오로지 궁술(弓術)에 일생을 바친 고수들 이백이 포진한 철혈성 정예부대 중 하나.

세우시를 비롯하여 각종 특이 화살을 갖고 암살은 물론, 적진을 사전 초토화시키는 데에 주력으로 달리는 부대였다.

특이한 부대였지만, 그들이 철혈성 정예부대 중 하나로 선정된 데에는 그만한 이유가 있다.

그들의 궁술은 가히 타의 추종을 불허했고, 어떠한 암기술의 대가보다도 정확하게 상대를 맞출 수 있는 원거리 무기의 달인들이었다.

게다가 등천용궁대의 대주를 맡은 벽력신궁(霹靂神弓) 정이량(鄭理亮)은 강호에서 세 손가락 안에 꼽히는 궁술의 고수였고, 일각에서는 천하에서 가장 활을 잘 다루는 궁수라고도 불리었다. 또한 궁술의 막강함만큼 정(正)하고 의(義)한 남자였다.

특이한 것은 등천용궁대 이백의 고수들 중 백 명은 남성으로, 백 명은 여성으로 구성이 되었다는 것에 있었다.

세우시처럼 가느다랗고 섬세한 궁술에서는 여성이 앞섰고, 강인하고 폭발적인 화살에는 남성들이 능했다.

그리고 그들을 아우르는 스승과 같은 존재인 정이량은 세상 모든 화살을 제 수족처럼 자유롭게 다룬다고 정평이 나 있었다.

하필이면 그 많은 부대들 중에서도 등천용궁대라니.

진조월은 살짝 입술을 깨물었다.

과해도 너무 과했다.

싸워 이기고 돌파하는 문제를 떠나서, 도대체 철혈성이 어찌 이런 대병력을 한번에 몰아넣는 방법을 택했는지 이해할 수가 없었다.

이제는 확실해졌다.

그들은 자신이 이곳에 있는지, 명완석을 잡기 위해 뛰쳐나왔는지까지 모두 알고 있었다.

삼 년 전에 대륙을 가로질러 철혈성은 물론 연합 문파들의 공격까지 돌파했었던 전력이 있는 진조월이었다. 비록 야차부대의 노력과 희생이 있었다고는 하나 그 사실 자체만으로도 능히 대단하다 아니 말할 수 없을 터, 그러니 이런 과한 승부수를 띄웠을 것이다.

'칠왕들 중에 배신자가 있나? 그럴 리는 없다. 그들 중에는 있을 수가 없어. 배제한다. 그렇다면 서호신가 측에서 세작이라도 침투한 것인가? 가능성은 있지만,

칠왕과의 연계를 위해서 무수한 사전검토를 했던 단체 중 하나가 서호신가다. 아무리 철혈성이라 해도 세작을 침투시키는 데에는 극심한 어려움이 따랐을 터, 가능성이 적다. 하면?'

순간 진조월은 뒤통수를 얻어맞은 충격에 눈을 크게 떴다.

'명완석을 버리는 패로 던진……?'

말도 안 되는 일이다.

아무리 자신을 잡고자 한다 해도 명완석 정도라면 철혈성에서 없어서는 안 될 중요한 위치에 있는 자가 아니던가.

원한관계를 떠나 독인으로서 그의 능력은 철혈성에서 단비와도 같았으리라.

명완석이 강호에 나온다는 소문이 돈다? 그럼 당연하게도 자신은 움직일 수밖에 없다.

설령 빠져나올 수 없는 함정을 설치했다 하더라도 움직였을 것이다.

만약 철혈성 측에서 그것을 노리고 명완석을 던져 함정을 팠다면, 아주 제대로 팠다고 할 수 있었다.

그는 입을 꾹 다물었다.

광야종과는 다른 힘.

천마궁의 모든 무학을 집대성할 수 있는 근본적인 마공이학(魔功異學)의 정수이며 능히 천하제일마공(天下第一魔功)이라 불리기에 부족함이 없는 진조월의 무학, 군림마황진기(君臨魔皇眞氣)가 온몸으로 치달았다.

그렇지 않아도 차가웠던 그의 눈동자가 은은한 푸른색으로 돌변하였다.

저 너머에 얇고 가느다란 살기들이 줄을 지어 서 있음을 느낄 수 있었다. 살기 하나하나가 치명적인 독사의 음험함을 품고 있다.

그 수만 백에 달하니 이는 세우시를 건 여류고수들이 모두 작정하고 시위를 먹이는 중이라고 할 수 있겠다. 이전에 한 발 쏘았던 세우시는 진조월과 제영정, 여설옥의 상태를 알아보기 위한 사전 공격이었던 것이다.

이제 이쪽의 체력과 상황을 알았으니 그에 맞춰 진형을 짜서 공격하게 될 것이다.

알아도 몰라도 치명적인 것에는 변함이 없다.

등천용궁대의 무서움이 여기에 있었다.

천라지망을 돌파하면서도 시종일관 긴장을 유지해야 한다. 언제 화살이 날아올지 모르기 때문이다.

차라리 암습을 할 바에야 상대의 긴장을 유도하여 심적으로 지치게 만드는 등천용궁대의 전술은 혀가 돌아갈 정도로 깨끗했다.

생각보다 정면돌파 시기가 빠르게 다가왔지만 이제는 별수가 없다.

진조월은 재빨리 말했다.

"어차피 이곳에서 멈춘 것은 더 이상 이전까지의 암살이 통하지 않을 듯해서다. 지금까지는 어중이떠중이들이었지만 이제는 달라. 무인들의 수준부터가 다를 것이다. 긴장하고 날 따라라."

제영정과 여설옥은 품에서 단환 하나를 꺼내 삼켰다.

명강단으로 원기를 회복하고 체력을 향상시키며 진기의 활발함을 극한까지 끌어 올리도록 도와주는 철혈성의 명약이었다.

진조월은 여설옥이 주는 명강단을 받지 않았다.

"너희들이 위기에 빠졌을 때 복용하도록 하라. 나는 아직 충분히 괜찮다."

그는 고개를 돌려 화살이 날아온 곳을 노려보았다.

군림마황진기의 파격적인 기세가 세밀하게 집중이 되어 화살처럼 쏘아진다.

살기를 응축시켜 날려 보내는 것으로 흔히들 얘기하는 절대고수가 아니라면 감히 상상조차 할 수 없는 기세의 발현.

한 번의 경고성 살기를 보내 준 뒤 그들은 달려 나갔다.

방향은 북쪽, 오로지 섬멸과 생존만을 위한 돌파였다.

* * *

등천용궁대 두 명의 부대주들 중 한 명이자 백 명의 여고수들을 총괄하는 궁술의 고수 이화영(李花瑛)은 등골을 훑고 지나가는 소름에 치를 떨었다.

머나먼 거리, 사람의 눈으로는 보이지도 않는 거리에서 쏘아진 한 줄기 살기는 온몸의 털을 빳빳하게 만들기에 충분하고도 남았다.

삼십오 년을 살아오면서 이토록 집중된 살기를 느낀 적은 처음이었다. 순간 몸의 모든 자유를 박탈당하여 손가락 하나 까딱할 수가 없었다.

이화영의 이마에 한 줄기 식은땀이 흐른다.

'엄청난 무력.'

그녀 역시 진조월의 정체에 대해서는 이미 알고 있었다.

철혈성 본 단에서 활동하는 정예부대 중 하나가 등천용궁대였고, 비록 그녀의 직위가 부대주였지만 다른 성의 지부장보다 낮지 않은 위치임을 감안한다면 이 정도 정보야 당연하다고 할 수 있었다.

사문의 패륜아. 천륜을 저버린 배덕자.

어릴 적 몇 번 보았던 진조월에 대한 인상은 이화영에게도 분명 남아 있었다.

개미 한 마리조차 죽이지 못했던 사람이 진조월이었다.

그 선함과 부드러움은 남녀노소를 불문하고 만인에게 달콤한 것이었다.

한데 전장에서 무슨 일을 겪었는지 스승과 형제들을 암살하기 위해 절치부심했다는 정보들이 입수되었고, 그녀 역시 남들처럼 큰 충격을 받았었다.

문제는 삼 년 전, 처벌이 되었음에도 용케 다시 나타

난 진조월의 살기와 무위가 그녀의 상상을 아득하게 넘어서고 있다는 데에 있었다.

거의 오십여 장을 넘어서 살기를 집중시켜 보내는 기공술(氣功術)이라니. 하물며 다른 대원들은 느끼지도 못한 채 자신에게만 쏘아 보낸 기세였다.

명백하게 경고성이 짙은 살기다.

'신기(神技)다.'

기세를 집중시키면서도 다른 이들에게 피해를 가지 못하도록 틀어막는 것이 얼마나 고도의 깨달음을 필요로 하는 것인지 이화영만 한 고수가 모를 리 없었다.

그녀는 고개를 저었다.

'우리는 잘못 알고 있었다. 진 공자의 무력은 이미 부술 수 없는 영역으로 들어섰다. 저 정도라면 본성의 장로들조차 이길 수 없다. 대공자라도 저만한 무력을 갖추고 있을까?'

빠르게 사라져 간 진조월을 보는 이화영의 눈에는 놀라움 이전에 안타까움이 가득했다.

그녀는 십여 년 전, 진조월이 북방의 전장으로 출전하기 전의 그때를 생각했다.

그땐 이화영도 등천용궁대 삼 년 차로 슬슬 두각을

나타내고 있었을 때였고, 실력을 높이기 위해 밤낮을 가리지 않은 채 궁술과 무공에만 미친 듯이 파고들었던 때였다.

천천히 그녀는 과거의 기억으로 빠져들었다.

"누구냐!"

이화영의 화살은 소리도 기세도 없이 벼락처럼 날아가 상대가 서 있는 땅바닥에 꽂혔다.

여인의 손에서 펼쳐진 궁술이라고 상상하기 힘들 정도로 빠르고 강인한 한 수였다.

돌로 만들어진 바닥에 반을 뚫어 버린 화살이 파르르 떨렸다. 그곳에는 아직 앳된 진조월이 멋쩍은 얼굴로 뒤통수를 긁적이고 있었다.

"죄송합니다. 워낙 궁술에 심취해 있으시기에 방해가 될까 지나가려 했는데, 참으로 호쾌한 궁술인지라 넋을 잃고 구경하게 되는군요. 실례를 했다면 용서하시길."

이화영은 달빛 아래 드러나는 진조월의 얼굴을 보며 서둘러 고개를 숙였다.

"죄송합니다! 삼공자님이신 줄 모르고 무례를 범했

습니다! 부디 용서해 주십시오!"

비록 철혈성 정예부대 중 하나인 등천용궁대 소속이라 하나, 철혈성주 직계제자인 진조월의 신분과는 비교할 수가 없었다.

그녀의 허리가 과도하게 꺾이는 건 당연했다.

진조월은 조금 당황한 얼굴로 손을 저었다.

"그러지 마십시오. 오히려 수련을 방해한 제가 죄송하지요. 민망하니 어서 허리를 펴십시오."

이렇게까지 말하는데 어찌 허리만 숙이고 있으랴.

이화영은 어쩔 수 없이 몸을 세웠다.

진조월은 그제야 편하게 미소를 지었다.

이화영은 달빛 아래에 드러나는 진조월의 모습을 보며 속으로 살짝 감탄했다.

휘적휘적 바람에 살짝 나부끼는 장포자락은 구름처럼 현현하고, 흔들리는 머리카락 역시 묘하게 신비로웠다. 아주 잘생긴 얼굴이라 할 순 없지만 날카로운 눈매에 어울리지 않게 싱그러운 미소로 가득한 얼굴은 포근하고 훈훈하였다.

심지어 손에 든 작은 술병조차 그의 신비로움을 퇴색시키지 못했다. 오히려 그것이 잘 어울려 보인다.

진조월은 가지런한 치아를 보이도록 웃으며 말했다.

"멀리서나마 한번 뵌 기억은 있는데 지금껏 인연이 닿지 않아 통성명도 하지 못했군요. 실례지만 이름을 알 수 있겠습니까?"

"아, 저는 등천용궁대 소속 이화영이라 합니다."

"그렇군요. 저는 진조월이라 합니다."

모를 수가 없는 이름이었다.

비록 대공자인 모용광의 무력과 후덕함이 성을 덮고, 이공자인 담사운의 비범함이 그 속에서 피어난다지만, 철혈성주의 제자들 중 가장 부드럽고 착하여 무인과 어울리지 않는다는 평가를 받는 사람이 진조월이었다.

무인에게 있어 그러한 평가가 마냥 좋을 수는 없지만, 워낙 착하고 사람이 좋기에 성의 많은 무인들은 진조월에게 호감을 품었다.

이화영이라고 다를 수는 없었다.

여인의 몸으로 이 자리까지 오기 위해 무수한 역경을 견뎌 내어 독종 중에 독종이라 불리지만 그녀는 진조월을 마냥 애송이라 생각할 수 없었다.

그는 착했고 다정했고 부드러웠으나, 강인한 무인들조차 함부로 할 수 없도록 만드는 특별한 뭔가가 있었다.

그래서였을 것이다.

편안하고 다정한 사람이었기에 이화영은 높으신 분이었음에도 먼저 말을 걸 수 있는 당돌함을 발휘했다. 정작 말을 하고도 스스로 화들짝 놀랐지만.

"음주를 하고 계셨군요?"

진조월이 씨익 웃었다.

"어쩐지 달도 밝은 밤이고. 즐기는 성격은 아니라지만 오늘은 어쩐지 술 생각이 간절했답니다. 어린놈이 벌써부터 술을 찾으니, 혹시라도 큰형님께 이르진 마십시오. 또 잔소리만 늘어놓으실 겁니다."

한낱 부대의 부대원에게도 이토록 예를 지키고 다정하게 군다.

성격을 떠나 결코 쉬운 일이 아님을 알기에 이화영은 자신도 모르게 훈훈해짐을 느꼈다.

"저에게도 한 잔만 주신다면 이르지 않겠습니다."

스스로가 평소와 다르다고 생각하는 이화영이었다.

아무리 당돌한 그녀라고 하나 이런 말이 과하다는 것을 모를 정도는 아니었다. 그러나 도리어 진조월은 크게 웃었다.

"간만에 호탕한 여협을 만나 참으로 기분이 좋군요.

술잔은 없으니 알아서 드시길 바랍니다."

병째 한 모금 들이킨 이화영은 살짝 눈살을 찌푸렸다.

철혈성의 삼공자 신분이라면 대륙 전역에서 손꼽히는 명주를 마셔도 모자람이 없을 터인데, 이건 싸구려 백주가 아닌가.

"독하네요."

"큰형님 왈, 술을 배우려거든 백주(白酒)와 친해지라, 하셨습니다. 솔직히 맞는 말인지는 모르겠는데, 어쩌겠습니까. 이미 친해진 사이이니 연 끊는 법을 몰라 아직까지도 이리 사이좋게 지내고 있습니다."

재미있는 말이다.

이화영과 진조월은 바닥에 철푸덕 앉아 서로 돌아가며 술병을 돌려 가며 마셨다.

대화가 많지는 않았지만 전혀 불편하지 않은 자리.

진조월에게는 높은 자리에 앉은 권력자 특유의 강압과 위엄이 없었다. 오히려 선선하고 부드러운 바람을 닮았다.

그의 얼굴을 보며 이화영은 편안해지는 자신을 느꼈다.

그래서 물었다.

"삼공자님. 혹 걱정거리가 있으신지요?"

진조월의 얼굴은 여전히 미소가 가득하고, 신비로움으로 무장하였지만 한줄기 근심을 떨칠 정도로 후덕하지만은 않았다.

진조월은 멋쩍게 웃었다.

"티가 납니까?"

"많이 납니다."

"하하, 술 마셔서 그럽니다. 평소엔 안 그런다고요. 진짭니다. 믿어 주시길."

"믿어요. 한데 걱정거리가 뭐지요?"

"헛, 상당히 집요한 데가 있으신 분이군요."

"등천용궁대 제일의 독종이 접니다. 가끔 독사라고도 불리던데요?"

"아름다운 분께 어울리지 않는 별명입니다만?"

"전 제법 마음에 들어요. 그래서, 무슨 걱정거리가 있으시기에 달 밝은 밤에 혼자 술을 드시나요?"

진조월은 씁쓸하게 웃었다.

약간은 흐트러져 머리카락 몇 가닥이 눈가로 떨어지는 모습이, 마치 버드나무와 같아 이화영의 가슴을 아릿하게 한다.

"난 말입니다……. 싸움이 싫습니다."

"네?"

갑작스레 이건 무슨 말이란 말인가? 이화영의 고개가 갸웃거렸다.

진조월은 가만히 달을 바라보고 있다가 재차 천천히 입을 열었다.

"상대방을 해하는 게 싫습니다. 내가 해롭고 싶지 않은데 상대라고 해롭고 싶겠습니까? 나는 행복하게 살고 싶습니다. 그건 화영 소저도 마찬가지이겠지요? 살면서 어쩔 수 없이 부딪치는 문제라면 모르겠지만, 나는 누구를 노골적으로 상처 입히면서 살기가 싫습니다."

그의 눈동자가 조금 촉촉해졌다.

달빛을 머금은 눈동자는 서글픔과 묘한 애환을 담아 이화영의 눈 속으로 선명하게 박혀 들었다.

그러나 그의 목소리에서는 조금의 물기도 묻어 나오지 않았다.

"나고 자라기를 무림인이 되어 무예를 익히고, 무예를 익혀 감에 따라 성취감이 있어 스스로에게 나름 혹

독했다고 생각합니다. 하지만 그건 내가 강건해지고 싶어서일 뿐, 한 번도 남에게 해를 입히고자 생각했던 적 없습니다. 더 어릴 적에는 내가 잘못 생각하는가 싶어서 제법 거친 무공을 익히며 마음을 다독이려 했습니다만, 천성이 유약한 것인지 지금도 남에게 칼을 들이댄다는 상상은 못하겠습니다."

어설픈 애송이의 발언이 아니었다.

스스로의 성격을 진실로 바라보고 깨우침을 반복한 자의 푸념과 같다.

하지만 이화영은 진조월의 푸념이 참으로 성스럽다 생각했다.

무림에 발을 디딘 순간 상대에게 칼을 겨누는 것은 운명을 넘어선 숙명. 애초에 타인에게 해를 입힐 마음가짐이 조금도 없었다면 무림으로 들어와선 안 되며, 들어온 순간 유약한 마음을 고쳐먹어야 한다는 것이 이화영의 생각이었다.

하지만 진조월의 말에는, 어떤 반박도 할 수 없었다. 그것은 그만큼의 고민을 한 사람의 무게감과 좌절감, 깨우침이 담겨 있기 때문이리라.

"화영 소저는 어떤가요? 남을 상처 입히면서까지 행

복해지고자 하는 어떠한 목표가 있나요?"

부드러운 질문이었지만 이화영은 왠지 모르게 부끄러운 마음을 숨기기 힘들었다.

무인인 이상 상대에게 칼을 겨누는 것이 숙명이라 하나, 그것이 도덕적으로 문제가 되지 않는 것은 아니었다.

어쩌면 세상 대부분의 무림인들이 숙명이라는 변명하에 벌어지는 무차별 살육전 속에서 살아가는 것 아닐까? 그러면서 진정 정도와 의협이라는 말을 함부로 사용할 수 있는 것인가?

이화영은 몇 번 입을 달싹이다가 이내 조용히 말하고야 말았다.

"그저 최선을 다해 살아갈 뿐입니다."

진조월이 싱긋 웃었다.

"화영 소저는 강하군요."

"예?"

그는 천천히 일어나 기지개를 켰다.

"오늘 만남, 참으로 즐거웠습니다. 내 훗날 어딘가로 간다 할지라도 오늘의 즐거운 대담을 잊지 않겠습니다. 부디 소저도 이루고자 하는 삶에 도달하기를 진심으로 바라겠습니다."

고개를 숙이며 공경의 예를 다하는 진조월을 보며 이화영 역시 서둘러 몸을 일으키고 고개를 숙였다.

삼공자의 신분으로 한낱 부대원에게 보일 예가 아니었다.

그것이 그녀와 진조월의 처음이자 마지막 만남이었다.

이화영은 가볍게 한숨을 쉬었다.

그토록 부드러웠던 진조월의 눈과 미소는 어느새 얼음장처럼 차가워져 극한의 살기를 발하고 있었다.

더불어 따라가기 힘든 지고한 경지를 개척한 무인이 되어 나타나니 도무지 믿을 수 없는 변화였다.

먼 거리였지만 발달된 안력(眼力)과 정순한 내공의 힘으로 그는 진조월의 모습을 살펴볼 수 있었다.

과거의 앳된 얼굴과 선한 미소는 눈을 씻고 찾아봐도 없었다.

날카로운 눈매는 얼음보다도 차가웠고, 미소로 항상 보조개가 생겼던 얼굴에는 마치 어느 조각가가 만든 무표정한 가면을 씌운 듯했다.

볼에 새겨진 희미한 일자형 검상은 그를 실로 냉혹무비하게 만들어 주는 역할까지 하니, 얼굴은 비슷해도 도무지 같은 인물이라는 생각이 들지 않았다.

자신이 그를 보았다면 그 역시 자신을 보았을 터, 진조월은 자신을 잊지 않았을 것이다.

그는 자신의 한 말에 책임을 지는 사람이며 함부로 허언을 하는 이도 아니었다.

그럼에도 살기를 보낸다. 천라지망을 무슨 수를 써서라도 돌파하겠다는 강렬한 의지가 전해진다.

한 점의 유함도 찾아볼 수 없는 강인함과 차가움의 절정이었다.

그녀는 하늘을 바라보았다.

차라리 정체를 숨기고 암습으로 곤란하게 만들 수도 있었지만, 그녀는 차라리 진조월이 긴장하여 지치기를 바랐다. 그래서 죽이지 않고 생포하기를 바랐다.

아무리 배덕자이며 패륜아라 하지만, 그녀는 진조월의 목숨을 취하고 싶지 않았다.

그러나 그녀는 철혈성의 소속이었고, 진조월은 철혈성에 반하는 무인이었다.

현실은 너무나도 명확하다.

"이동한다. 이제부터 틈이 보이면 사정 봐주지 말고 갈기도록. 제 공자나 여 공녀도 마찬가지다. 일단 적으로 간주하여 전력을 다하라."

어느새 그녀는 등천용궁대의 부대주로 돌아와 있었다.

*　　*　　*

모습을 드러내고 이동하는 즉시 붉은색 폭죽이 터지고, 동시에 그것이 신호가 된 듯 사방에서 거센 살기가 파도처럼 밀려 들어왔다.

진조월의 눈이 착 가라앉았다.

지금까지 암습으로 죽였던 무인들의 무공과는 상당한 격차가 있는 이들이었다. 이 정도 무위라면 능히 한 지부의 정예 무인들이라는 생각이 들었다.

물론 진조월에게는 하등 문제가 없었다.

한 명의 절대고수는 하나의 군단이라 생각해도 무방할 정도의 전력.

그래서 한 수 위의 고수가 무서운 것이다. 가능과 불가능의 차이를 나누는 것이 바로 '수'라는 것 아닌가.

당장 그의 힘이라면 비록 지치고 상처도 입겠지만 이곳을 돌파하지 못할 이유가 없었다.

문제는 뒤에 제영정과 여설옥을 챙겨야 한다는 것이고, 동시에 생각지도 못한 화살 세례까지 받아야 한다는 것이다. 그것은 결코 무시할 수 없는 변수가 되어 진조월을 괴롭히게 될 것이다.

—당황하지 말고 흐름에 몸을 맡겨라!

한 차례 두 사람에게 전음을 때린 진조월은 빛살처럼 움직이며 두 주먹을 휘둘렀다.

지형지물에 숨어 공격을 감행하려던 무인들이 튀어나온 즉시 움직이는 권격(拳擊)이었다.

"죽여!"

"우와아악!"

거센 기합성과 욕설이 살기와 함께 흘러나온다.

거친 흑의를 입은 무인들은 제각기 병기를 꺼내 들며 순차적으로 진조월에게 공격을 감행했다.

살기와 날카로운 경력이 난무하는 한가운데에서.

진조월의 몸이 흐릿해진다.

타다닥!

하는 타격음과 함께 그의 좌우를 점했던 무인들 일

곱이 단체로 그 자리에서 쓰러졌다.

그들 모두 턱이 깨지고, 흉골이 부러졌으며 혼과 백이 나뉜 상태였다.

벼락처럼 빠른 권법이었다. 어떻게 움직이는지, 눈으로 보고도 파악하기 힘든 주먹질이었다.

진조월은 무조건 정면으로 나아갔다.

그리고 그 뒤를 제영정과 여설옥 역시 젖 먹던 힘까지 쏟아 부으며 따랐다.

진조월의 주먹은 자비가 없었다.

검보다도 날카로웠고, 화살보다도 빨랐으며, 암기보다 치명적이었다. 가로막는 무인들이 많았지만 그의 옷깃조차 건드리지 못한 채 모두 두개골이나 턱, 심장이 부서진 채 허무하게 생을 마감했다.

돌진, 또 돌진이었다.

흐름에 몸을 맡긴 채 전신을 휘돌며 각법까지 시행하는데, 그의 발길질에 한 번이라도 맞은 무인은 내장을 진탕시키는 끔찍한 경력의 폭풍에 피를 토하고 뒤집어졌다.

한 수, 한 수가 확실한 살수였다.

이전처럼 세세하게 지풍을 날려 깔끔하게 처리하는

맛은 없었지만, 대신 방어와 회피를 도외시하고 상대를 파괴하는 주먹과 손가락, 발길질은 그야말로 투술의 극의를 보여 주고 있었다.

퍼버벅!

소름끼치는 격타음은 도통 멈출 기미가 없었다.

단 한 번이라도 맞으면 전투불능.

스쳐도 뼈가 으스러지고, 제대로 맞으면 볼 것도 없이 즉사.

극소량의 진기가 담겨 있지만, 깨달음이 다르고 경지가 다르기에 눈곱만큼의 경력이라도 그들에겐 치명적이었다.

제법 거리가 떨어졌음에도, 진조월의 묘한 손짓이 지나고 나면 심장이 터지거나 머리통이 부서져 죽는다.

어느새 진조월을 주변으로 사방 오 장 안에는 죽음만이 지배하는 영역으로 재탄생되었다.

실제로 두들겨 대는 타격은 물론이거니와, 거리가 있다면 찰나지간 권풍(拳風)과 지풍(指風), 장력까지 날려 가며 살상을 반복한다.

그렇게 일각이 지나자 진조월과 제영정, 여설옥이 지나온 자리에는 시체더미로 치장된 핏빛 길이 생겨났다.

자연재해가 일직선으로만 휘몰아치는 것 같았다.

이 무자비한 돌진력에, 넓게 포위망을 잡았던 수많은 무인들은 안색이 창백해져 감히 다가갈 엄두조차 내지 못했다. 거칠게 살아와 투지가 드높은 그들이라지만, 이건 아예 상대조차 되지 못하고 있었다.

토끼가 아무리 덤벼도 어찌 호랑이의 진격을 멈추게 할 수 있겠는가.

진조월의 무공은 그들의 상상이나 차원을 아득히 넘어서는 것이었다.

내리막길을 직선으로 치고 나간 진조월의 양쪽으로 어느새 넓게 퍼진 그물이 나타났다. 누가 보아도 적절한 때를 노린 기습이자, 그물의 너비와 크기 역시 세상을 덮을 만큼 컸다.

돌진하는 어떠한 방해물도 그물에 걸리게 될 것이다.

진조월의 눈동자가 한없이 차가워졌다.

'철강괴망(鐵鋼怪網).'

천잠사(天蠶絲)나 교룡의 힘줄을 꼬아 만든 교룡망(蛟龍網)에 비할 수는 없지만, 어지간한 고수의 도검으로도 뚫기 어렵다는 철혈성만의 생포 작전용 그물망이었다.

평범한 사람의 피부에 닿으면 그 날카로움과 단단함에 피부가 모조리 찢겨진다는 무서운 마물이기도 하다.

제영정과 여설옥도 철강괴망을 알아보았는지 안색이 질려 갔다.

그들은 이렇게 크고 넓게 펼쳐진 철강괴망을 처음 보았던 것이다.

그러나 진조월의 손은 멈추지 않았다.

군림마황진기가 양손으로 몰려들며 마치 야수의 발톱처럼 세워진다.

그의 왼손이 한 번 질러지며 강렬한 권풍으로 철강괴망을 뒤로 훽 밀려나게 한 뒤, 양손으로 그물을 잡고 그대로 찢어발겼다.

이 기경할 광경에 그물을 펼쳤던 무인들은 물론이거니와 제영정, 여설옥의 눈도 접시만 해졌다.

철강괴망의 강도는 강철에 비견해도 결코 떨어지지 않는다.

비록 그물처럼 세세하게 만들어 철구(鐵求)라 할 수 없으나 그 강도는 사람이 맨손으로 찢을 수 있는 것이 아니었다.

한데도 진조월은 양손으로 그물을 확 잡아 뜯어 버

렸다.

마도무림에서도 천하를 경동시켰던 무학들, 그것을 천마궁은 천마삼십육절(天魔三十六絕)이라 하였다.

진조월이 펼쳤던 오대검공과 압벽장, 오행굉렬포 등이 모두 이 삼십육절에 포함이 된 절기라 할 수 있었다.

지금 진조월이 사용한 조공(爪功)은 천마삼십육절 중 하나, 참룡금조수(斬龍禁爪手)라 하여, 그 손에 걸리면 세상에 찢겨지지 않을 것이 없고 파괴되지 못할 것이 없다는 절기였다.

오죽 위력이 강하면 용을 베어[斬] 낸다고까지 하겠는가.

진조월은 뒤도 볼 것 없다는 듯 찢어진 그물망 속에서 탈출했고, 제영정과 여설옥 역시 재빠르게 그의 뒤를 따라 탈출했다.

진격을 멈추게 할 작정으로 크게 펼쳐 낸 철강괴망의 수고로움이 무색해지는 순간이었다.

그렇게 그들은, 산의 중턱까지 내려올 수 있었다.

*　　*　　*

자기 몸만 한 거대 활을 등에 매고 있는 중년인은 입술을 부르르 떨었다.

"믿을 수 없군. 저런 말도 안 되는 무력을 숨기고 있었단 말인가? 저 젊은 나이에?"

진중한 얼굴에 차분한 음색이었지만 중년인의 눈동자는 거칠게 떨리고 있었다.

진조월의 무력은 가히 보고도 믿을 수 없을 정도로 강력했다.

맨주먹으로 무인들을 모조리 황천길로 보내는 수법 역시 그러했지만, 특히나 철강괴망을 양손으로 찢어발기며 곧바로 탈출한 광경은, 무공에 나름 자신을 가지고 있던 무인들 모두에게 충격적인 광경이었다.

검이나 도에 극한의 공력을 집중하여 내려치면 끊어낼 수 있다지만 맨손으로 철강괴망을 끊어 버린 사람은 여태껏 없었다.

가능한지 불가능한지의 여부를 떠나서 광경 자체가 워낙 호쾌하고 강렬한지라 멍하니 보게 되는 무위였다.

그는 가볍게 한숨을 쉬었다.

'대공자께서 말씀하신 바가 사실일지도 모르겠군.'

출전하기 직전 대공자 모용광이 넌지시 알려 준 사실이 있었다. 사실이라기보다 부탁 비슷한 것이었지만.

"그러실 분이 아니라는 것, 내 잘 알고 있지만, 그래도 넓게 보고 진상을 파헤치는 데에 주력해 주시길 바랍니다. 한낱 정에 휩싸인다는 생각을 할 수도 있지만 이것은 단순한 믿음과 정 이외에 많은 문제들이 복잡하게 끼어 있는 사건입니다. 보이지 않는 곳에서 무수한 변화가 있었으니, 부디 대주의 정의로움과 눈을 믿겠습니다. 삼사제는 결코 그런 사람이 아닙니다."

무슨 말인가 싶었다.

그래도 한때 사제였던 사람이라고 봐주는 것인가, 뭔가 감정에 동요라도 있는가, 싶기도 하였다.

하지만 적어도 그가 본 모용광이란 사람은 아무런 확신도 없이 공과 사를 구분하지 못할 발언을 할 사람이 아니었다.

그러나 명령은 명령, 군인은 아니라지만 문파 역시 상명하복(上命下服)의 체계로 유지되는 세계.

그는 일단 진조월을 잡은 뒤 생각하기로 했다.

단순히 모용광의 말로 대화를 시도하기에는 상황도 좋지 않았으며 사실상 크게 와 닿지도 않는 말이었다.

다만, 가슴 속에 묘한 씨앗이 자라나는 걸 느낀다.

'내가 모르는 이면에 뭔가가 있다…….'

그는 등을 돌려 산을 내려갔다.

강철처럼 단단한 뒷모습처럼, 그의 등에 걸린 거대한 활 역시 믿을 수 없을 정도로 강건해 보였다.

세상 사람들은 그를 천하제일궁수(天下第一弓手)라 공공연히 말했고, 화살 한 번을 날릴 때 그 화살의 기세가 벼락보다 빠르고 강하다 하여 벽력신궁(霹靂神弓)이라고도 불렀다.

등천용궁대의 대주 벽력신궁 정이량의 뒷모습은, 능히 별호에 어울리는 듬직함으로 가득했다.

*　　*　　*

커다란 크기의 폭포는 비록 싸늘한 날씨라 하나 여전히 흐르고 있었다.

생각보다 큰 소리로 서로를 때려 주진 못하고 있었지만, 적어도 귀를 울리게 만드는 강렬한 굉음으로 폭포는, 여전히 밑으로만 떨어지고 있었다.

그리고 그러한 폭포의 전면부와 뒤쪽까지 모두 거친 무복을 입은 무인들이 기묘한 위치를 선점하며 서 있었다.

그들은 하나같이 시커멓고 기다란 창을 쥐고 있었는데, 사 척(四尺) 길이의 단창(短槍)에서부터 육 척(六尺), 팔 척(八尺) 심지어 일 장에 달하는 장창(長槍)으로까지 무장을 한 무인들이었다.

그들을 본 제영정의 눈가가 살짝 떨려 왔다.

"진 사형. 저들은 강서지부의 정예라는 묵염창기대(墨炎槍旗隊)가 분명합니다."

진조월 역시 모를 수가 없는 이름이었다.

본시 나라의 법이 있어 무림의 문파들은 기병(騎兵)을 키우지 못하도록 되어 있지만, 철혈성은 유일하게 기병의 군대를 키울 수 있도록 허가를 받은 집단이었다.

덕분에 철혈성은 많은 인원들을 투입시켜 하나의 독립적인 군대를 만들었으니 철혈성 본단 정예부대 중에서도 첫째, 둘째를 달린다는 묵룡창기병대(墨龍槍騎兵隊)가 그 결과물이었다.

총 오백에 달하는 묵룡창기병대는 대대적인 전투에서 압도적인 힘을 발휘하는 무적의 기병대로서 그 한 곳의 전력이 어지간한 대문파 두 군데를 합친 것보다도 더하다 하였다.

실제 그들을 총괄하는 대주의 무력이 철혈성 내에서 십위 권 안에 들어가는 초절한 것이었으니, 능히 묵룡창기병대의 힘을 알 수 있으리라.

묵염창기대는 고약한 말로 묵룡창기병대의 실패작이라 할 수 있는 존재들이었지만, 혹 묵룡창기병대에 사상자가 생기면 가장 무공이 고강한 인물이 차출되어 뽑히는, 일종의 훈련소 집단이라고 할 수 있었다.

그러나 말이 훈련소지 그들의 힘은 결코 얕볼 수가 없다.

철혈성에서 뻗어낸 대륙 열세 곳의 지부들 중에서도 강서지부의 무력은 능히 다섯 손가락 안에 들어갈 정도로 막강하다.

한 명, 한 명이 일류를 상회하는 실력을 가진 집단.

숫자만 도합 사백이며 말을 타지 않아서 오히려 시가전(市街戰), 산악전(山岳戰)에 능한 이들.

진조월의 표정이 무섭도록 빠르게 굳어졌다.

그저 마구잡이로 덤빈다면 무서울 것이 없는 상대들이다.

그러나 위치를 선정하여 유기적으로 돌아가는 저들 특유의 진법은 아무리 고수라 해도 쉬이 여길 수 있는 것이 아니었다.

그는 뒤도 돌아보지 않은 채 제영정과 여설옥에게 말했다.

"조금 힘들게 되겠다. 너희의 안전은 확실하게 스스로 지켜야만 할 것이다."

애초에 함부로 말하는 성격이 아닌 진조월이지만, 지금의 말은 무게감이 달랐다.

제영정과 여설옥의 표정도 따라서 굳어졌다.

여설옥은 커다란 검갑에서 두 자루의 검을 꺼내 들었다.

"진 사형께서는 저희 걱정 마시고 전투에 집중하시면 됩니다."

믿음직한 말이었다.

진조월은 가볍게 고개를 끄덕이며 양손을 들었다.

'뚫고 나가야 하나? 아니다. 저들의 진법은 완성되지 않았다 해도 지독하게 끈질기다. 결국, 이곳에서 모

두 죽여야 나중에 편하리라.'

마음을 먹자 진조월의 몸에서 일순 폭풍과도 같은 기세가 터져 나왔다.

이전처럼 기세를 개방하지 않고 주먹만 휘두르던 그 때와는 달랐다.

군림마황진기를 풀어 내 진신전력을 내는 진조월, 그의 몸 주변으로 환상과도 같은 아지랑이가 피어오르고 있었다.

광야종이 광기의 무학으로 미친 듯한 학살의 기운을 퍼트린다면, 군림마황진기는 그 자체만으로 완성된 위엄과 강인함으로 세상을 오시한다.

그의 뒤에 섰던 제영정과 여설옥은 자신들도 모르게 뒤로 물러섰다. 옆에서 감당하기에는 진조월의 기세가 지나치게 강렬했기 때문이다.

숨이 막힌다.

제영정은 심장이 떨리는 걸 느꼈다.

'도대체 진 사형의 무공은 어디가 끝이란 말인가?'

놀란 것은 당연히 그들만이 아니었다.

전면에서 진조월의 압도적인 기파를 맞이하는 묵염창기대 전원의 얼굴이 해쓱하게 질려 가고 있었다.

진조월의 등 뒤로 환상 같이 일어나는 묘한 아지랑이는 어느새 반투명한 형상을 만들어 가고 있었는데, 그것이 끔찍하게도 악마상(惡魔像)과 참으로 유사했다.

발현된 기세와 살기를 먹어 가며 키워진 파동이 어떠한 '형상' 으로 화한다는 것은 일반 무인들로써는 꿈도 꾸지 못할 경지였다.

마침내 이백 년의 시공을 넘어와 천하제일마공, 천마궁의 궁주만이 익힐 수 있었다는 악귀의 무학 군림마황진기가 십 성 공력으로 펼쳐진 것이다.

진조월은 속으로 다짐했다.

'속전속결(速戰速決). 한 명도 살려 둬서는 안 될 섬멸전이다. 다소 지치는 한이 있더라도 최단 시간 안에 승부를 봐야 한다.'

생각이 임과 동시에 그의 신형은 파앗! 하는 괴음과 동시에 그 자리에서 사라져 버렸다.

두 눈 크게 뜨고 있음에도 진조월의 신형이 어디로 사라졌는지 본 사람은 단 한 명도 없었다.

묵염창기대의 무인들이 순간 당황할 때 무자비한 폭음이 진세를 이루고 있는 그들의 좌측에서 터졌다.

콰르릉!

폭포의 굉음조차 묻히게 만들 정도로 거센 굉음이었다.

소리만으로도 대지가 흔들리는 것 같았다. 모두의 시선이 소리가 터진 곳으로 돌아갔다.

그곳에 한 명의 악귀가, 야차들의 왕이, 전쟁의 신이 강림했다.

"크아아악!"

끔찍한 비명과 처절한 피보라가 얼어붙은 땅 위로 후두둑 떨어져 갔다.

도대체 어떻게 해서 터진 건지 모를 거대한 바위는, 무수한 돌멩이로 갈려서 사방으로 날아가는데, 그 돌멩이들에 실린 경력조차 무시할 수 없을 정도인지라 그곳의 영역 오 장 안에 있는 무인들 여덟이 피떡이 되어 바닥으로 쓰러졌다.

그리고 그 끔찍한 광경을 만들어 낸 당사자가 양손을 휘둘러 댔다.

진조월의 주먹은 힘줄이 튀어나올 정도로 꾹 쥐어졌는데 묘한 진동을 하고 있었다. 주먹과 팔뚝까지 휘몰아치는 회오리가 일순 전면으로 향한다.

꽈르릉!

벼락 소리와 함께 소용돌이에 휘말린 십여 명의 무인들이 방어도, 회피도 못한 채 바닥에 너부러졌다.

쓰러진 그들의 사지는 모조리 기괴한 방향으로 비틀리고, 얼굴은 형체를 찾아볼 수 없을 정도로 망가져 있었다. 일권(一拳)을 휘둘러 만들어 낸 참상이라고는 믿을 수 없는 강렬함이었다.

패도적인 권공.

정도의 무학에 마공의 파격이 씌워진 무공. 천마삼십육절 중 하나인 선풍사자신권(旋風獅子神拳)의 강림이었다.

앞길을 활짝 열어 버린 진조월이 주변에 남은 무인들에게 바람처럼 다가가 주먹을 휘둘렀다.

환상처럼 휘둘러진 이십팔권(二十八拳)은 창을 쥔 무인들의 온몸을 부숴 버리고 나서야 멈추었다.

얼마나 재빠른 권법인지, 제법 고수다 싶은 이들의 눈에도 도통 보이지가 않는다.

한순간에 서른이 넘는 사상자가 발생하고 나서야 정신을 차린 묵염창기대의 대장 기상호(起想豪)는 비명을 질렀다.

"당황하지 마라! 모두 진세를 구축해!"

그의 외침을 들은 무인들은 자신들의 실수를 깨달았는지, 우왕좌왕하던 모습을 벗어던지고 재빨리 창을 쥔 채로 진조월에게 몸을 돌렸다.

한 명, 한 명의 눈이 재차 투지로 불타자, 창끝에서 흘러나오는 살기의 집중도 놀라우리만치 섬뜩했다.

진조월은 비록 적이 되어 버린 그들이지만, 감탄을 아니 할 수가 없었다.

'과연 묵염창기대.'

대장의 말 한마디에 정신을 수습하고 제 위치를 선점한다.

평지도 아닌 울퉁불퉁한 산에서 유기적으로 진세를 구축하기 위해 움직인다는 것은 보통 힘든 것이 아니리라.

게다가 서로의 기세를 이어받아 살기까지 집중시키는데, 그 기파가 놀라우리만치 강렬하다. 벌써부터 그들의 거대한 기세가 파도처럼 넘실거리며 진조월의 몸을 옭아매려 하고 있었다.

진조월은 차갑게 눈을 빛냈다.

'하지만 너희는 상대를 잘못 골랐어.'

오른쪽 손이 수도(手刀)로 변하며 허공을 반으로 그어 버린다.

그러자 보이지 않는 무형의 기세가 찢겨지며 틈이 만들어졌다.

진조월은 한 점의 머뭇거림도 없이 그 속으로 뛰어들어가 군림마황보법(君臨魔皇步法)을 펼쳐 순식간에 폭포의 중단부로 몸을 날렸다.

기상호의 눈이 찢어질 듯 커졌다.

무려 사백여 명이 일제히 일으킨 무형의 살기를 손짓 한 번으로 찢어발겨 자유로워졌다. 이걸 도대체 어찌 받아들여야 하는가?

게다가 말도 안 되는 보법을 펼쳐 십오 장의 거리를 격하고 폭포까지 물러났다.

이것이 사람의 능력인가?

'절대고수?!'

번쩍! 하는 광채가 사위를 휩쓸고, 진조월의 신형이 허공 높이 날았다가 엄청난 속도로 묵염창기대 한가운데로 떨어져 내렸다.

그가 입은 시커먼 장포자락이 찢어질 듯 펄럭였지만 진조월의 얼굴에는 어떠한 변화도 없이 차가웠다.

그것이 묵염창기대의 무인들을 더욱 질리게 만드는 요인이었다.

진조월은 사람을 죽이면서도 표정이 미동조차 없었다.

당장의 문제는 그것이 아니었다. 창기대 한가운데로 떨어진 진조월이 발로 대지를 거칠게 찍어 버렸다. 떨어지는 그를 창으로 꿰려 했으나 속도가 워낙 빨라 그럴 수도 없다.

천근추의 기예였다.

콰르르르릉!

지진이 일어난 듯, 진조월이 밟은 땅에서 시작한 금이 사방으로 퍼지기 시작한다.

반경 칠, 팔 장의 영역으로 나아간 진각(震脚)이었다.

그리고 그 진각의 영역 안에 있는 삼십여 명의 무인들이 다리와 척추가 부러져 주저앉았다. 끔찍한 비명 소리와 탈골음이 폭포 소리조차 뚫고 안탕산을 울렸다.

하지만 당황은 했을지언정 그들의 투지는 떨어지지 않았다.

이미 인간과 전투를 벌이는 게 아니라 괴물과 전투

를 벌인다는 걸 인식한 그들이다.

동료들이 쓰러짐과 동시에 사방에서 무수한 단창들이 쏘아져 진조월의 몸을 노렸다.

머리, 가슴, 배, 다리까지 팔방에서 몰려드는 단창의 세례는 화살처럼 빠르다.

진조월은 세차게 몸을 돌려 기세를 방출하고 이화접목(梨花接木)의 수법으로 모든 단창들의 길을 바꿔 다시 그들에게 돌려준다.

신기에 이른 이화접목이었다.

쏘아진 단창들이 동료들에게 날아가는데 진조월의 기세를 이어받아 조금 더 빠르고 강렬해진다.

결국 단창을 날린 이십여 명의 무인들이 가슴이나 복부에 창이 관통된 채로 쓰러졌다.

하지만 진세의 기파가 강렬하고 워낙 시기적절한 투창(投槍)이었던지라 진조월의 어깨에도 얕은 핏물이 배어 나왔다. 창날 하나에 스친 것이다.

그러나 무수한 사람들을 죽이면서 얻은 상처라고 하기에는 너무나 미비하다.

그렇게 진조월의 신형이 다시 한 번 움직였다.

* * *

이화영은 치가 떨리는 걸 느꼈다.

과거의 인연이나 사람의 좋고 나쁨을 떠나서 지금 진조월이 보여 주는 무학의 경지는 감히 좇아갈 수 없는 무신(武神)의 역량이었다.

아무리 묵룡창기병대의 훈련병들 모임이라 하지만, 어찌 한 명이서 묵염창기대의 무인들을 저토록 신랄하게 박살 낼 수 있단 말인가.

잔인한 장면도 많았고, 찬탄이 나오는 장면도 많았다.

결국 그 모든 광경은 바라보는 무인들에게 하나의 감정을 전달하도록 만들어 준다.

경외심(敬畏心).

진조월의 무공은 호쾌하고 잔인했으며 동시에 깔끔하기도 했다.

수준 높은 무학을 한 점의 거리낌도 없이 모조리 방출하는 모양새가 보는 이들의 가슴을 뜨겁게 달구어 준다.

작전에 임할 때 항상 냉정함을 잃지 않는다는 이화

영이었지만 그녀는 도통 진조월의 무학에 눈을 뗄 수가 없었다. 그것은 그녀만이 아니라 그녀가 다스리는 백 명의 여고수들도 마찬가지인지 표정이 하나 같이 비슷했다.

화살을 날리려 해도 날릴 수가 없다. 자칫 잘못하면 아군이 피해를 본다.

진조월의 신형은 안력이 좋은 궁수들의 눈으로도 쫓을 수 없을 만큼 빠르고 변칙적이었다.

설령 아군의 피해를 감수한다 하더라도 화살만 낭비하는 꼴이 될 것이다.

이화영은 자신의 어깨를 두드리는 누군가의 손길에 의해서 겨우 제정신을 차릴 수 있었다.

그녀의 어깨를 두드린 사람은 다름 아닌 등천용궁대의 대주이자 천하제일궁수라는 명성을 사해에 떨친 벽력신궁 정이량이었다.

이화영이 한숨을 쉬었다.

"부끄러운 모습을 보여 드렸습니다."

"괜찮다. 나 또한 눈을 떼기가 어려웠으니, 이해한다."

"믿을 수 없어요. 어떻게 사람이 저렇게 강해질 수

있는 것이죠? 아니, 어떻게 저리 변할 수가……?!"

금방이라도 울 것 같은 슬픔에 찬 눈동자를 하고서는, 달빛 아래서 술병을 쥐고 미소를 짓던 진조월은 아무리 찾아보아도 찾을 수가 없었다.

그는 시커먼 장포자락을 몸에 두르고 검조차 뽑지 않은 채 양손으로 묵염창기대의 무인들을 거의 학살하다시피 하고 있었다.

사람을 죽임에도 표정은 변함이 없고, 눈동자는 더욱 짙은 한기를 발산한다.

귀신도 저렇게 소름끼치진 않을 것이다.

정이량은 한숨을 쉬었다.

"십 년이라는 시간은 꼬마가 성인이 될 수 있을 정도로 긴 시간이다. 강산도 변한다 하지 않더냐. 그만큼 삼공자가 겪은 사건들과 경험들이 녹록치 않았다는 뜻이겠지."

사문의 배덕자, 패륜아를 삼공자라 한다는 뜻은 정이량의 마음을 단적으로 보여 주고 있었다. 그만큼 신중한 사람이라는 뜻이기도 할 것이다.

이화영은 가볍게 한숨을 쉬며 물었다.

"대주님, 어찌할까요?"

명이 내려졌으니 생포를 하든 죽이든 해야 한다.

그것은 당연한 것이었다.

성주의 명령이 떨어졌음에도 이행하지 않는다는 뜻은 반기(反旗)를 든다는 뜻과 다를 것이 무언가.

하지만 그녀는 진조월을 잡을까, 잡지 말까를 묻는 것이 아니었다.

저 정도 역량을 가진 고수를 어떻게 잡을 수 있겠냐는 말이었다.

어떤 방법이라도 있는지, 그 방법이라는 것이 있기는 한 것인지, 방법이 없다면 또 어떤 행보를 보여야만 하는 것인지를 묻고 있는 것이다.

정이량이라고 그녀의 마음을 모를 리가 없었다.

그는 침중한 눈으로 진조월을 보다가 툭 말했다.

"삼공자는 필시 묵염창기대를 몰살시킬 것이다. 너도 보아서 알겠지만 분명 그리 되겠지."

"그렇겠지요."

"하지만 우리가 도울 수가 없다. 이 상태에서 도운다고 화살 몇 대 날려 봐야 오히려 묵염창기대에게 피해만 줄 뿐. 그나마 가만히 있는 것이 그들을 도와주는 것인데, 그럼에도 저들의 피해는 막심하겠지."

정이량은 가만히 하늘을 바라보았다.

먹구름이 가득하다.

대기 중에 습기의 농도가 짙어지는 것으로 봐서 왠지 비가 올 것만 같은 기분이었다.

겨울이 마지막으로 토해 내는 울분, 겨울비.

"강서 지부장, 지금 어디에 있지?"

*　　*　　*

기상호는 자신도 모르게 무릎을 꿇고 싶어지는 걸 참았다.

진법이란, 특히나 일류 이상의 영역을 구가하고 있는 무인들이 펼치는 진법이란 단순히 다수로 핍박하는 무력이 아니다.

서로의 기세를 이어받고 기세를 증폭시켜 기파로 상대의 몸을 옭아매어 움직임까지 원천봉쇄하는 것을 근본으로 한다.

묵염창기대의 진법이라 해도 그 틀에서 벗어나진 않는다.

사백 명이 펼치는 진법.

비록 한 명, 한 명이 절정의 고수라 할 수는 없지만, 사백 명이 기세를 집중시켜 쏘아 내는데 그 강렬함이 얼마나 대단하겠는가. 어지간한 고수라 해도 손가락 하나 까딱하기가 힘들 것이다.

헌데 저 괴물 같은 놈은, 압박하는 기세를 모조리 찢어발기고 신들린 듯 움직이며 무인들을 학살하고 있었다.

기상호는 판단을 내렸다.

'더 이상의 전투는 미친 짓이다. 몰살할 수도 있어.'

그는 번개처럼 움직이는 진조월을 보았다.

여전히 표정의 변화는 없었고 손과 발을 뻗어 내는데 한 올의 힘도 떨어지지 않은 것 같았다.

정말 말도 안 되는 내공력이자, 무력이었다.

벌써 절반, 이백여 명의 사상자가 났다.

말이 사상자지, 이백 명 전원이 전투불능이니, 다 죽었다고 봐도 문제될 것 없으리라.

'저것이 절대고수의 힘.'

그때 그의 귓가로 한 줄기 전음성이 들렸다.

—후퇴시키게! 더 이상의 싸움은 무의미해!

익숙한 음성이었다.

강서 지부장, 그의 직속상관의 전음성.

기상호는 창을 들었다.

"전원 후퇴하라! 진세는 그대로 유지하면서 빠르게 뒤로 빠지도록!"

단 한 명이서 사백 명을 포위한 듯 압도적인 무력으로 농락시킨 이 대사건은 능히 신화라 불리기에 부족함이 없었다.

그러나 진조월은 기상호의 음성을 들으며 더욱 눈을 빛냈다.

'보내 줄 것 같으냐!'

지금 자신에게 이토록 터지고 있지만, 실상 묵염창기대의 힘은 백이 모이든 이백이 모이든 강렬한 건 마찬가지다. 삼십 이하로 줄였다면 모를까, 아직 절반 이상이 살아남은 상태에서 그는 절대로 이들을 보낼 생각이 없었다.

무조건 섬멸이다.

모든 이목이 진조월로 집중이 되었기에 공격조차 받지 않았던 제영정과 여설옥은 얼굴이 창백해졌다.

그대로 돌아가면 오히려 힘을 비축할 수 있을 것 같

은데 진조월은 후퇴하는 그들보다도 더 빠르게 정면으로 치고 나갔다.

그들이 보기에 진조월은 지금 약간 흥분을 하고 있는 듯했다.

"진 사형! 지금은……!"

말해 줄 틈도 없다.

진조월은 두 사제의 음성을 싸그리 무시하고 군림마황보법을 펼쳐 재빠르게 후퇴하는 묵염창기대에게 다가갔다.

흩날리는 꽃잎처럼, 혹은 빗물에 튀겨 찬연하게 피어오르는 잡초의 풀잎처럼.

부드럽고도 탄력적으로 돌아가는 진조월의 신형이 일순 허공으로 날아올라 철기대 무인들의 어깨를 밟아가며 무서운 속도로 쏘아졌다.

그의 발판이 된 무인들의 어깨는 한자나 밑으로 꺼져 버려 전투불능 상태로 빠지고야 말았다.

한순간의 틈도 살상으로 바꿔 버리는 능력이었다.

마도제일신법, 환신공공비의 무자비한 속력으로 번개가 된 진조월이 놀랍게도 후퇴하는 철기대 무인들보다도 먼저 후방을 점했다. 동시에 그의 손이 쭉 펴지며 전면으로 나아갔다.

기상호는 등골이 섬뜩해지는 것을 느꼈다.

그리고 그것이, 그가 느낀 마지막 감각이었다.

우드득, 하는 섬뜩한 소리가 사방으로 울려 퍼졌다. 거친 비명과 함께 사람의 모습을 하고 있던 기상호가 한 줌의 핏덩이로 화해 우그러져 땅바닥에 나뒹굴었다.

상식적으로 이해할 수 없는 죽음이었다.

손을 뻗어서 가볍게 주먹을 쥐었는데 사람이 구겨진 종이처럼 찌그러져 압사를 당했다.

압벽장의 완전한 현신이었다.

대장이 죽자, 비로소 의지할 곳을 잃은 묵염창기대의 무인들이 공포에 휩싸였다.

대장의 죽음도 끔찍했지만, 명령을 내려야 할 사람이 사라지니 우왕좌왕할 수밖에 없었고, 결국 그것은 동요가 되었으며 진조월의 살기가 틈을 비집어 들어가 이백여 명의 무인들을 단체 공황상태로 몰고 간 것이다.

진조월이 하얗게 웃었다.

날뛰는 광야종을 수습하며, 오로지 군림마황진기로만 몸을 강건히 한 그의 양손이 야수의 손처럼 변하며 묵염창기대를 유린했다.

그렇게 정확히 일각이 지난 후.

악귀가 주는 공포를 이기지 못하고 도망친 이십여 명의 무인들을 제외한 나머지 묵염창기대는 모두 목숨을 잃었다.

비명은 메아리처럼 허공에 남아돌며, 코를 막히게 할 정도로 짙은 피비린내가 안탕산을 더럽혔다.

월광의 사신 진조월.

학살의 주도자가 제대로 강림한 사건이었다.

4. 야차재림(夜叉再臨)(1)

은마당(隱魔堂)의 당주(堂主)이자 천하삼대살수(天下三大殺手) 중 한 명으로 명성이 드높은 은영사검(隱影死劍)은 아직까지 강호에 얼굴을 보인 적이 한 번도 없었다.

그것은 살수라면 당연한 일로, 실제 실력이 대단한 살수든 실력이 낮은 살수든 누군가를 암살하는 이들은 친인에게도 제 얼굴을 보여 주지 않는다.

극한의 조심성과 인내심으로 무장한 그들은 비록 무공의 조예가 낮을지 모르지만, 자신보다 무공이 높은 고수들조차 암살할 정도로 살인 기술을 극한으로 닦은 이들이었다.

은신의 명수들.

암살을 위해서라면 독이든 암기든 가리지 않고 온갖 더러운 짓도 서슴없이 저지르는, 무림에서는 최악으로 분류되는 이들.

그 정점에 선 이들 중 한 명이 바로 은영사검이었다.

총 여든아홉 번의 살행에서 단 한 번의 실패도 없었다는 신화적인 살수로써 누구도 그의 얼굴과 진면목을 본 바 없으나, 그가 가진 특유의 검은 잘 알고 있었다.

아무런 특색도 없는 소검(小劍).

그러나 예리함이 여느 보검(寶劍)보다 뛰어남에도 발산하는 예기가 없고 유리처럼 투명하여 낮에도 밤에도 빛의 반사가 되지 않는 괴검(怪劍)의 소유자.

은마당의 당주 은영사검이 진실로 유명해진 것은 물론 신화적인 살행 자체에도 있었지만, 특히나 십여 년 전, 오대세가 중 하나로 손꼽히는 하북팽가(河北彭家)의 이가주(二家主) 노호도(怒虎刀) 팽성(彭星)을 암살하고 나서부터였다.

하북팽가라 하면, 남궁세가와 더불어 검도쌍무(劍刀雙武)의 무가 중 하나로서 기라성 같은 고수들이 많기로 유명한 가문이다.

그런 고수들의 시선을 모조리 파헤치고 들어가 천하의 고수라는 팽성을 암살해 버린 은영사검의 능력은 무림을 한차례 발칵 뒤집어 놓기 충분했다.

은원관계가 있고, 누군가의 사주로 암살을 시행한 것이지만, 팽가는 그 일로 분기탱천하여 은마당을 찾아내 복수를 다짐하려 했으나, 아직까지도 은마당이 어디에 있는지, 얼마만큼의 규모로 지어진 살수당인지, 실제로 있는지 없는지조차도 모를 만큼 은밀한 집단이 은마당이었다.

당연히 복수는 쉽지 않았고, 이제 와서는 팽가도 포기하고야 말았다는 기색이었다.

팽성이라면 가주 호신벽력도(虎神霹靂刀) 팽무상(彭武象)을 제외하면 하북팽가에서 현역으로 제일로 치는 고수이자, 강북십대도객(江北十大刀客) 중 일인으로 손꼽히는 도객이었으니 은영사검의 명성은, 비록 악명이라 하나 높아질 수밖에 없었다.

누구의 침공도 받지 않았던 은마당.

베일에 싸여 어떠한 정보단체들도 소재지를 모르는 귀신들의 집단.

그런 은마당이 무지막지한 피해를 당할 줄이야 세상 사람들은 물론이거니와 은마당의 살수들도, 당연히 당주인 은영사검조차도 몰랐다.

아예 생각조차 해 본 적이 없었다는 말이 맞으리라.

거의 절반에 가까운 일급 살수들이 죽어 나갔고, 삼백에 달하는 이급살수들 중 이백 이상이 죽었다.

은마당의 실질적인 전력이라 할 수 있는 특급살수 서른 명 중, 아홉이 팔다리가 뒤틀려 쓰러졌는데 아무리 봐도 현역으로 돌아갈 수 없을 것 같았다.

혹시나 몰라 최후의 순간 퇴로를 만들어 놓았지만, 그것조차 여의치가 않았다.

기관이 작동되어야 정상이거늘 무자비한 불길로 인해 장치가 모조리 녹거나 타 버려 미동조차 하지 않았기 때문이다.

은영사검은 복면으로 뒤집어써 어떤 얼굴을 하고 있는지 몰랐지만 실제 상당히 당혹스러웠다.

'어떻게 여기를?'

무려 백 년의 세월 동안 단 한 번도 침공을 받은 적 없었다는 은마당이었다.

물론 무림의 극소수의 인물들은 은마당의 본거지를

알고 있었으나, 부패의 증거로 서로를 지켜 주는 그들은 누구에게도 은마당의 본 당을, 실수로라도 발설하지 않았다.

백 년 전통의 철옹성이 오늘에서야 깨질 줄 뉘라서 알았으랴.

은영사검은 경악 이전에 허탈한 마음을 금할 수 없었다.

그리고 그의 앞에, 무수한 살수들에게 둘러싸였음에도 당당히 뒷짐을 쥔 두 명의 노인이 있었다.

한 명은 새하얀 백포로 몸을 감싼 노인으로 가히 선풍도골(仙風道骨)이라 불리어도 무방할 만한 이였고, 다른 노인은 그나마 훨씬 젊어 보였지만, 위맹한 눈빛과 강인한 근육으로 탄탄한 몸매를 자랑하는 이였다.

살수라면 정보를 다룸에 있어서도 세상 어떤 단체들보다 발 빠를 수밖에 없는 바, 은영사검은 눈앞에 있는 두 사람의 정체를 금세 깨달을 수 있었다.

세상이 모르는 협사들.

가히 왕의 칭호를 받아도 부족하지 않는 무력과 협심(俠心)의 소유자들.

칠 년 전, 철혈성주의 야망을 봉쇄하기 위해 단 일곱

이서 철혈성 전력의 삼 할을 공중분해시켰던 신화를 창조한 이들.

투왕 백성곡과 화왕 당무환임을 은영사검은 알아보았다.

백성곡은 평안한 어조로 말했다.

"실제 서로에 대해 많이 들어는 봤음에도 이리 얼굴을 마주한 것은 처음이로군. 생각보다 젊은 나이라 내 제법 놀랐다네."

복면을 썼지만 백성곡의 눈을 피할 수 없었다.

은영사검은 볼이 씰룩이는 것을 막을 수 없었다.

그러나 그는 재빨리 고개를 숙여 인사했다.

"은마당의 당주를 맡고 있는 은영사검입니다. 투왕과 화왕을 뵈어 영광입니다."

어떠한 목적이 있어 찾아왔는지는 모르겠으나, 적어도 전쟁을 하자고 온 것이 아님을 은영사검은 빠르게 깨달았다.

만약 그들이 은마당을 진실로 치려 했다면 은마당은 이미 잿더미로 변했으리라.

아무리 천하에서 손꼽히는 살수 집단이라 하나 사람의 영역을 벗어난 절대고수 둘의 무력을 감당할 수는 없다.

백성곡은 고개를 끄덕였다.

“자존심을 접어야 세가 불리함을 깨닫는 것이 빠르고, 상대의 행동을 읽을 수 있어야 진정한 대화가 되는 법이지. 자네는 지닌 능력만큼이나 대단한 이일세. 젊은 나이에 그만한 안목과 경험을 얻기가 결코 쉽지는 않은 법, 내 제대로 찾아온 모양이군.”

“대화를 원하셨다면 금방 이루어졌을 터, 한순간에 너무 많은 피를 흘렸습니다.”

“나와 당 후배의 얼굴을 자네라고 모르지 않을 터, 우리가 찾아왔다면 자네가 순순히 얼굴을 보였겠는가? 힘으로 밀고 들어올 수밖에 없었음을 알아 주게. 평화롭게 해결하고 싶은 마음은 우리도 컸지만, 그랬다면 대타를 세웠든지, 아니면 꽁무니를 뺐겠지.”

정곡을 찌르는 말이었다.

은영사검은 더 이상 살수들의 죽음에 대해 왈가왈부할 필요는 없다고 생각했다.

안타깝고 분노에 찬 것은 둘째였다. 자칫 잘못하면 백 년을 이어 온 은마당이 하루아침에 몰락할 수도 있다.

당무환은 불꽃처럼 이글거리는 눈을 빛냈다.

그는 협의심으로 피치 못하게 암살을 시행하는 임가연과 달리, 돈을 받고 사람 죽이는 일을 업으로 삼는 살수들을 세상에서 특히나 경멸해 손속이 제법 과했지만, 그만큼의 냉정함도 갖춘 이였다.

“나와 백 선배는 자네와 심도 깊은 대화를 나누고 싶어 왔네. 이왕이면 주변에 보는 눈들을 물려 주었으면 하는 바람일세.”

강요할 수도 있었을 것이다.

하지만 당무환 역시 상대에 대한 최소한의 예우 정도는 해 주고 있었다.

은영사검이라고 어찌 그것을 모를 수 있을까.

주변 살수들이 동요하며 분노에 찬 눈빛을 하고 있었으나 은영사검만큼은 냉정했다.

그는 이들이 원하는 대로 할 수밖에 없는 처지임을 인식했다.

그러나 불쑥 상대의 반응이 보고 싶어지는 그였다. 그는 일부러 퉁명스러운 어조로 말했다.

“물리지 않으면 어찌하시겠습니까?”

당무환의 표정은 냉랭하고, 백성곡은 살짝 웃기만

한다.

은영사검은 사지에 힘이 빠지는 걸 느꼈다. 대답은 하지 않았지만, 무언의 대답으로 충분한 웃음이었다.

"모두 물러서라!"

그의 한마디에 광장에 모인 모든 살수들이 유령처럼 사라졌다.

은신을 한 것이 아니라 아예 이 공간 자체를 빠져나가 버린 것이다.

신법의 기묘함은 둘째 치고서라도 당주의 명령 한마디에 토 한 번 달지 않고 빠지는 그들을 보며 백성곡은 나직이 감탄했다.

"과연 은마당의 명성이 허명은 아니었구먼."

"안으로 드시지요."

동굴의 어느 한 지점으로 들어서자 광장보다 더욱 편안하고 밝은 빛이 그들을 반겼다.

작은 방처럼 꾸며진 당주실은 의외로 소박한 모양새를 하고 있었다. 그러나 동굴 천장에서 은은한 빛을 발하는 십여 개의 야명주(夜明珠)만큼은 결코 평범하지 않았다.

저 야명주 하나만 팔아도 족히 금자로 천 냥 이상의

가치가 나오리라.

은영사검과 마주 앉은 백성곡과 당무환.

양측에서 약간의 고요함이 맴돌았다. 물론 그것은 길지 않았다.

먼저 입을 연 것은 백성곡이었다.

"자네도 시간이 없을 것이고, 수습도 해야 할 터이니 단도직입적으로 말하겠네."

"그러시지요."

"자네, 혈검(血劍) 알지?"

은영사검의 눈이 반짝 빛났다.

"혹 선배님께서 말씀하신 혈검이 사혼혈검(死魂血劍)을 말씀하시는 것입니까?"

"정확하게 보았네."

사혼혈검(死魂血劍) 진사유(珍思柳).

호광 북부에서 가장 영향력이 큰 문파를 말하자만 사람들은 보통 두 개의 문파를 입에 담는다.

혜성처럼 등장하여 황궁의 비호를 받아 민중의 기둥으로 당당히 스스로를 내세운 도문검파(道門劍派) 무당파(武當派)와, 철혈성과 비슷한 시기에 일어나 삽시간에 호광 북부 대부분의 상권을 틀어쥐며 무수한 무인들이 모여 만들어진 패도지향(覇道指向)의 집단 검림맹(劍林盟)이 그들이다.

검림맹은 일정 이상의 경지를 구축한 검객이라면 누구라도 받아들이는 연합문파로 오십여 년의 역사라 믿기 힘들 정도의 발전을 일구어 현재는 구파의 한 곳보다도 더욱 큰 성세를 자랑하는 맹(盟)이었다.

외관은 그러하고, 실제 검림맹이 철혈성의 하부단체 중 하나라는 것을 아는 사람은 다 아는 실정이었다.

당연하게도 그것으로 비난을 하거나 문제를 삼는 이는 단 한 명도 없었다.

그러기에는 검림맹의 검이 지나치게 사나웠고, 그 뒤에 버티고 선 철혈성의 힘이 너무 거대하였다.

그런 검림맹의 맹주(盟主)가 바로 사혼혈검 진사유였다.

검 하나만 바라보고 모인 수많은 무인들 중 가장 강인한 무공과 위엄을 갖춘 검객으로, 지닌바 무위가 이미 초절정의 영역에 머문다는 일세의 검사였으니, 나이가 육십이 넘었으나 이미 나이를 한참이나 초월한 검기(劍技)로 사해를 진동시킨 무인이었다.

백성곡이 싱긋 웃었다.

노인답지 않게 참으로 맑고 순수한 웃음이었다.

그러나 그의 웃음을 본 은영사검은 까닭 없이 추워지는 스스로를 느꼈다.

"자네 사혼혈검을 암살할 수 있겠는가?"

은영사검은 가볍게 한숨을 쉬었다. 천하에서 내로라하는 살수가 한숨을 쉬는 광경도, 보기 쉬운 광경은 아니었다.

"선배님께서는 사혼혈검 진사유의 암살 건을 위해 이곳까지 찾아오신 겁니까? 그러셨다면 차라리 의뢰 형식으로 들어오셨다면……."

"나는 냉정하게 자네에게 물어보는 것이네. 다른 모든 문제를 배제하고 자네와 나, 둘 사이의 대화일 뿐이네. 나는 그저 순수한 대답만을 원하네. 가능하냐, 불가능하냐 만을 묻는 게야. 다시 한 번 묻지. 자네의 실력으로 사혼혈검 진사유 즉, 검림맹의 맹주를 암살할 수 있겠는가?"

여전히 온화한 표정이었지만, 백성곡의 눈은 진지했다.

어린아이처럼 순수한 눈이었지만, 아니, 그러한 눈이었기에 진지함의 농도는 배가 된다.

은영사검은 본능적으로 백성곡을 위시로 한 칠왕들이 어떤 귀계를 펼치고 있음을 깨달았다. 그리고 귀계에 자신의 역할이 정해졌다는 것도.

약간의 반발심이 치솟았으나 그는 자신을 자제할 줄 아는 사람이었다.

살수에게 있어서 자제란 검사에게 있어 검의 존재유무와 마찬가지이리라.

지금 이것저것 따지고 들어가 봐야 원활한 대화가 되지 못함은 물론 자신에게만 불리하다.

은영사검은 진지하게 생각해 보았다.

검림맹의 맹주.

대륙 전역에 뻗어 있는 수많은 검객들 중 단순히 검으로는 열 손가락 안에 들어간다는 일세의 검객.

비록 숨겨진 고수가 많고 은거기인(隱居奇人)이 모래알처럼 많은 강호라 하나 대외적으로 그리 공표될 정도라면 이미 사람의 탈을 벗어난 검객이라 봐도 무방할 것이다.

그가 암살했었던 최고의 고수 노호도 팽성에 비한다 해도 적어도 한 수, 많게는 두세 수 이상 강한 이가 사혼혈검 진사유일 터.

그는 심각하게 생각을 거듭했고 이내 일각 후에 나직이 한숨을 쉬며 대답했다.

"가능성으로 따지자면 이 할이 채 안 됩니다."

이 할. 사실상 팔 할 이상의 자신감이 없을 시 암살을 시도조차 하지 않는 이들이 살수라 한다면 이 할의 가능성은 아예 불가능하다는 말과 동일하다.

당무환 역시 한숨을 쉬었다.

"역시 무리란 말인가."

은영사검이 고개를 저었다.

"제가 보지 못한 것을 보는 선배님들이니 더욱 잘 아실 겁니다. 고수에게 있어 한 수의 차이는 가능과 불가능의 차이입니다. 비록 지금보다 실력이 농익지 않은 십여 년 전 제가 팽성을 암살했었지만, 사혼혈검 진사유라면 십 년 동안 제가 얻은 것보다 더 큰 격차를 만들어 낸 고수라 할 수 있습니다. 현 강호에서 진사유를 홀로 암살할 수 있는 살수는 없다고 봅니다."

은영사검은 잠깐 말을 멈추다가 이내 재차 말했다.

"물론 살수계의 제왕이라는 살왕을 제외한다면 말이지요."

칠왕 중 은신과 암습에 있어서 최강이라는 살왕이라

면 가능할 수도 있다.

그러나 강호에 드러난 살수 세력 중 단일로 사혼혈검 진사유를 암살할 수 있는 자는 없을 것이다.

은영사검은 그리 말하고 있었다.

당무환이 끼어들었다.

"하면, 자네가 부리는 아이들 중 특급살수가 있을 터인데, 그들과 함께라면 가능성은 있는 것인가?"

뭔가 귀계는 있는 듯한데, 도대체 왜 자꾸 이리 묻는지 모르는 은영사검이었다.

그러나 그는 여전히 신중했고 다시 일각 후에 입을 열었다.

"살아남은 특급살수 전부와 저까지 살행에 투입이 된다면 가능성이 오 할 이상으로 높아질 수 있습니다. 그러나 설령 저는 살아남는다 해도 나머지 살수들 중 대부분이 몰살을 당하게 되겠지요."

특급살수들이 투입되는 것만으로도 삼 할 이상의 가능성이 높아졌다는 것은 그만큼 특급살수들의 능력이 뛰어남을 말해 주는 바였다.

비록 돈을 받고 사람 목숨을 취하는 일을 생업으로 삼은 이들이라 하나, 그 능력만큼은 진실로 대단한 것이구나 당무환은 생각했다.

사혼혈검 진사유라고 하면, 비록 칠왕들 중 어느 누가 투입해도 이길 수 있는 상대라고 할 수 있겠지만, 그렇다고 손쉽게 뚝딱 이기기도 쉽지 않은 상대이기도 하다. 칠왕수좌인 백성곡이 진지하게 힘을 개방한다면 진사유를 몇 초 안에 피떡으로 만들어 버릴 수도 있겠으나, 다른 왕들에게는 아직 백성곡만 한 연륜과 힘이 다소 부족한 것도 사실이니.

그런 초절정 검객인 진사유를 특급살수들과 함께한다면 오 할 정도의 가능성까지 올릴 수 있다 하니 은마당의 저력은 과연 대단한 데가 있었다.

"하면 죽은 특급살수들까지 전부 동원이 된다면 가능성이 얼마나 올라가겠는가?"

은영사검이 고개를 저었다.

"그저 숫자가 많다고 암살의 가능성이 기하급수적으로 올라가는 것은 아닙니다. 퇴로를 확보하는 화살받이로 쓴다면 그나마 약간의 가능성은 올라가겠으나, 무조건 투입된다 하여 모든 고수들을 죽일 수 있었다면 진즉 살수들이 천하를 제패했겠지요."

딴에는 틀린 말은 아니었다.

당무환은 고개를 끄덕였고 백성곡이 다시 입을 연다.

"그렇다면 마지막으로 정리해서 묻겠네. 은마당에서 출수할 수 있는 모든 살수들을 가정하고, 자네가 짤 수 있는 최고의 암살 계책을 세워 은마당의 전력을 쏟아붓는다면 확률이 어느 정도까지 올라갈 수 있겠는가?"

대답을 듣지 않으려 했지만, 이제는 정말 궁금해서라도 못 참겠다.

은영사검은 어처구니없다는 표정으로 물었다.

"지금 은마당을 멸망시키려고 작정하고 오신 겁니까?"

"물음에 답해 주게."

"후우……."

가벼이 한숨을 쉬었으나 은영사검은 다시 집중하여 판을 짜 보았다.

그는 단순히 암습만 뛰어난 살수가 아닌, 경험에서도 전술에서도 살수계에서 손꼽히는 이가 아니던가.

모든 가정과 변수를 포함한 그의 대답은 이러했다.

"은마당의 전력을 쏟아붓는다는 전제하에, 사혼혈검 진사유를 암살할 수 있는 가능성은 대략 팔 할에서 구 할 정도 될 것입니다."

팔 할에서 구 할.

대단한 자신감이라 생각할 수 있지만 은영사검의 신중함과 실력을 생각한다면 거의 확실한 확률이리라.

게다가 살수에게 있어 팔 할 이상, 구 할이라는 가능성은 상대가 화포라도 가지지 않은 이상 어떠한 변수에서라도 암살을 성공시킬 수 있는 가능성이기도 하다.

백성곡은 고개를 끄덕이며 품에서 자그마한 비단 주머니를 꺼내 들었다.

제법 큰 주머니였는데 안에는 둥글둥글한 구슬 몇 개가 들어차 있었다. 은영사검은 고개를 갸웃거렸다.

"이것이 무엇입니까?"

"풀어 보게."

주머니 안에 든 것은 시커먼 구슬 네 개와 구슬이라고 보기에는 너무 표면이 거친 푸른색 환약 두 개가 있었다.

총 여섯 개의 물체를 본 은영사검은 처음에는 고개를 갸우뚱했다가 이내 눈을 찢어질 듯 크게 떴다.

"이, 이건……?!"

"최상급 피수주(避水珠) 두 개와, 마찬가지로 최상급 피독주(避毒珠) 하나, 상급 피화주(避火珠) 하나일

세. 그리고 나머지 두 개의 단환은 무엇인지 자네도 잘 알겠지."

은영사검의 눈이 침중하게 가라앉았다.

경악의 기분은 남았으나 재빠르게 스스로를 수습하는 모양새가 가히 천하의 살수다웠다.

그러나 중얼거리는 그의 입이 조금씩 떨리는 건 어쩔 수 없었다.

"청염화탄(靑炎火彈)……."

무림에는 벽력탄(霹靂彈)이라는, 구슬과 같은 모양새의 화탄이 있어 터지면 방원 삼 장이 초토화된다는 무시무시한 물건이 존재하였다.

어린아이가 던져도 천하의 고수를 죽일 수 있다는 위험한 물건이 벽력탄이었으니, 화기를 나라에서 금한 것은 물론, 무림삼대금용암기(武林三大禁用暗器) 중 하나에 들어가는 것이 벽력탄이었다.

청염화탄이라 하면 그런 벽력탄이 개량화된 화탄으로써 백여 년 전 청염마제(靑炎魔帝)라 불리던 기인이 만든 물건으로, 폭발 영역이 벽력탄보다 무려 이 장이 더 넓었고, 터짐과 동시에 뿜어지는 푸른 불꽃은 물로도 꺼지지 않는다는 죽음의 불꽃으로 유명했다.

무림 역사상 최악의 화탄으로 유명한 청염화탄.

백여 년 전 등장하자마자 모든 무림인들이 합심하여 모조리 없앤 물건인지라 이제는 찾아볼 수도 없다는 화탄이 청염화탄 아니던가.

백성곡은 고개를 끄덕였다.

"정확하게는 청염화탄이 아닐세. 청염화탄은 모조리 제거가 되고, 이제는 과거의 그 물건을 만들 사람도 없지. 이것은 우리 칠왕들이 만들어 낸 화탄으로 꺼지지 않는 청염을 뿜지 못하지만 폭발 반경이 되레 칠 장까지 넓어진 화탄일세. 벽력탄 두세 개가 가지고 있는 폭발력을 하나로 응축시켰다고 보면 되겠지."

피수주나 피독주, 피화주도 돈으로 환산하기 어려운 물건이지만, 특히 이 두 개의 화탄이라면 사람에게 있어서 가장 중요한 것, 바로 목숨을 지키기 위해 사용할 수 있는 최고로 안전한 무기가 될 수 있을 것이다.

은영사검은 가볍게 한숨을 쉬었다.

대단한 물건들이다.

이 정도의 의뢰비라면 능히 은마당의 전력을 투입해서라도 사혼혈검 진사유를 죽일 만한 값어치가 될 것이다. 아니, 오히려 차고도 넘치리라.

하지만 두 사람으로 인해 은마당 전력의 반 가까이가 날아가 버렸는데 어찌하겠는가? 마냥 받아들이기 힘든 의뢰였다.

그럼에도 은영사검이 차마 말을 하지 못하고 있는 이유는 단 하나.

'만약 거절한다면…….'

이 정도로 대단한 물건을 가지고 있음에도 거절을 한다면 필시 은마당의 운명은 오늘을 기점으로 끝장나게 될 것이다.

다른 걸 떠나서 이 두 개의 화탄을 거부했다면 혹여 소문이 돌까 무서워서라도 두 사람은 은마당을 완전히 박살 내리라.

협의지심으로 철혈성주의 야망을 저지하기 위해 세상에 나타난 칠왕들이라 하지만 사람이 얼마나 이중적인 동물인지 은영사검은 철저할 정도로 깨우친 사람이었다.

선한 가면을 뒤집어쓰고 뒤로는 온갖 악덕을 저지르는 이가 판을 치고 있는 동네가 강호 무림 아닌가.

'저들이라고 다르진 않을 것이다.'

다른 걸 떠나서 돈을 받고 사람의 목숨을 취하는 일

을 하는 살수 집단이 은마당.

정도(正道)와 협의(俠義)라는 두 글자로 일어선 저들이 은마당을 어떻게 보겠는가.

조금 전 당무환의 무자비한 살수로 삽시간에 전력의 반 가까이가 날아간 것을 눈앞에서 보니, 저들이 살수들에게 가지는 반감을 능히 알 수 있겠다.

보는 관점의 차이라지만 확실한 것은 지금 은마당은 매우 위험한 상황에 처했다는 것이다.

백성곡은 살짝 웃었다.

"생각이 많은가 보군. 혹 자네는 우리가 은마당의 전력을 투입해서라도 사혼혈검을 암살해 주길 바라고 있다 생각하는 겐가?"

은영사검의 눈이 정확하게 백성곡을 향했다.

아무 말도 하지 않았지만 그의 심정을 백성곡과 당무환은 정확하게 파악하고 있었다.

사실 강호 경험이 제법 있다 하는 이라면 지금 은영사검이 가지는 마음을 모를 수가 없을 것이다.

"미리 말을 하지 않아서 미안하네. 사실 그런 의뢰를 하러 온 것은 아닐세. 그랬다면 정식으로 의뢰를 청부하여 떳떳하게 자네를 봤겠지. 그래도 자네와 직접

대면했을지는 의문이네만.”

어리둥절한 말이었다.

그랬다면 왜 사혼혈검을 언급하고 왜 이런 거창한 물건들까지 눈앞에 보여 줬단 말인가?

당무환은 가만히 팔짱을 낀 채 툭 던지듯 말했다.

“이미 사혼혈검은 죽은 목숨이나 다름이 없네. 하지만 그것을 우리 측에서 벌인 일이라 생각하면 안 되는 상황이야. 하니 은마당이 사혼혈검 진사유를 죽였다고 공표해 주게. 이것은 그 대금일 뿐이야.”

은영사검은 살짝 입을 벌렸다.

복면을 쓰고 있어서 표정까지 읽히지는 않았지만, 누가 보아도 지금 그의 심정이 경악에 가까우리라는 걸 파악할 수 있으리라.

당무환이 말한 내용은, 참으로 많은 것을 생각하게 만들어 주는 말이었다.

‘사혼혈검이 죽은 목숨이라고? 하면 직접 친다는 뜻인가? 그런 멍청한 짓을 저들이 할 리가 없다. 그럼에도 사혼혈검이 죽는다는 뜻은……. 그렇군, 살왕이 투입되겠군. 사혼혈검…… 사혼혈검. 맞아, 철혈성의 꼬리를 자르기 위해 사혼혈검을 죽이는 것인가? 차라리 검림맹을 치지 왜……? 그렇구나. 우두머리를 제거해서 혼란을 야기시켜 틈을 노리려는 술수가 분명하다. 한데 왜 이런 보물을 우리에게 주면서까지 은마당의 일로 돌리려……?'

순간 번뜩이는 뭔가가 은영사검의 머리를 관통했다.

'그렇군. 철혈성주의 야망이 뭔지는 몰라도, 그가 일을 벌이는 것이 도의적으로 옳지 않아 칠왕이 일어났다. 지금도 계속 전쟁은 진행 중이겠지. 그렇다면 세가 불리한 칠왕 측에서는 드러내지 않고 암중에 움직이는 수가 필요해. 그래서 은마당 측으로 살행을 돌리는 것이로군. 이 보물들은 검림맹이나 철혈성 쪽에서 복수를 감행할 시 받게 될 피해에 대한 보상금과 다를 바가 없어.'

짧은 순간 여러 가지를 파악하는 은영사검이었다.

확실히 그는 머리가 좋은 인물이었다.

단순히 몇 개의 정보와 현 상황을 보고 사건의 앞뒤를 파악할 수 있는 일은, 일견 간단해 보일지라도 아무나 할 수 있는 일이 아니었다.

눈치 빠른 백성곡과 당무환은 이미 은영사검이 모든 상황을 꿰찼음을 깨달았다.

은영사검은 침중하게 말했다.

"솔직히 말씀드리겠습니다. 과한 대금입니다. 하지만 이것을 받는다면 확실히 은마당에 크나큰 도움이 되겠지요."

"자네들에게 이익은 굉장히 클 것이라고 보네. 비록 사혼혈검을 죽인 일로 철혈성이나 검림맹에서 복수를 선포할 수도 있겠지만, 적어도 검림맹에선 우두머리 다툼이나 벌이고 있을 것이니 형식적인 절차로 넘어갈 가능성이 압도적으로 높지. 자네들이라면 십 년 정도 은신하면서 힘을 키울 수 있는 충분한 능력이 있을 것이네. 게다가 피화주 하나만 팔아도 십 년 동안 살수들을 키우고 동시에 먹고 사는 데에도 문제가 없을 것이라는 걸 아네. 빠르면 오 년, 늦어도 십 년이면 이전의 성세를 회복할 수 있겠지. 게다가 강호에서 손가락 안에 꼽히는 절세의 검객 사혼혈검을 암살했다는 소문이 커지면, 남들은 어찌 보는지 몰라도 적어도 뒷골목에서 자네는 가히 무소불위의 권력을 휘두를 수도 있네. 엄청난 의뢰자들이 몰려들어 돈방석에 앉을 수도 있지. 어떤가? 자네나 은마당에 있어서 하등의 문제가 되지 않는 거래라고 생각하는데. 오히려 시간을 가진다면 얻을 수 있는 복이 지나치게 많다고 생각하지 않나?"

노련하게 진실을 바늘처럼 찔러 대는 백성곡이었다. 은영사검도 그 앞에서 할 말이 없어졌다.

확실히 백성곡의 말은 일 리가 있었다. 아니, 노력만 한다면 분명 그리 될 것이다.

은영사검은 잠시 생각을 거듭했다.

하지만 실상 알고 보면 생각을 거듭하고 말 것도 없었다. 이건 너무나도 큰 이득이 아닌가. 바보가 아니라면 누구라도 승낙할 것이다.

그렇지만 은영사검은 더욱더 신중했다.

호사다마(好事多魔)라 하였다.

은마당의 살수들이 당무환의 손에 제법 많은 수가 죽었지만 이건 그 모든 피해를 상쇄함은 물론 큰 이득까지 취할 수 있는 거래.

아무리 생각해도 조건이 너무 좋다. 서로 이기는 거래라 하여도 지나친 감이 있다고 생각하는 은영사검이었다.

이것이 바로 백성곡, 당무환과 살수인 은영사검의 차이라 할 수 있었다.

비록 자신의 목숨을 노리고 달려든 살수들이기에 거

침없이 손속을 놀린 당무환이었지만, 그는 이 또한 살인은 살인이라 생각하는 사람이었다. 무림에서 상대의 목숨을 노리기 위해선 자신의 목숨도 걸어야 함이 당연하나, 결국 살인은 살인인 것이다.

사람의 목숨은 금액으로 살 수도, 팔 수도 없다.

그래서 당무환은 살수를 싫어하며, 과하게 손을 썼으면서도 막상 마음이 좋지는 못했던 것이다.

피수주나 피독주, 피화주는 물론 두 개의 치명적인 화탄은 큰 보물이나, 은마당에 속한 살수들의 목숨을 생각한다면 애초에 비교를 해서는 안 된다고 생각하는 사람이 당무환이었으니, 다만 백성곡은 당무환보다 다소 유연한 사고방식을 가지고 있는 이라, 마음은 불편하면서도 은영사검의 마음, 사상까지도 완벽하게 꿰뚫어 볼 수 있었던 것이다.

돈을 받고 사람의 목숨을 취하는 은영사검에게 있어서는 이들의 저의가 의심스러울 수밖에 없으리라.

다른 환경에서 자라 다른 것을 보고 다른 깨우침을 받은 자들의 차이는 이토록 확연한 법이다.

백성곡이 어깨를 으쓱했다.

"우리는 우리대로, 자네는 자네대로 이득이 있는 거

래라고 보네. 그래도 너무 과한 이득이다 싶다면 훗날 다시 세상에 나올 때, 무차별 의뢰는 삼가 주길 바라지. 나는 중도, 도사도 못되는 인간이라 뼛속까지 물든 악인들을 개화시킬 필요성을 느끼지는 않는 사람일세. 죽을 짓을 했다면 죽어야지. 세상에 죽일 사람들이 얼마나 많은가. 이왕 돈을 받고 사람의 목숨을 취하려거든, 그런 해악이 될 이들의 목이나 많이 잘라 주게. 혹은마당이 무차별 살행을 벌이는 것이 문제가 된다면 그때 되어 또 칠왕들이 찾아갈 줄도 모르잖나."

농담처럼 말하지만 제법 살벌한 말이었다.

은영사검은 순간 등골이 서늘해졌지만 표정의 변화는 주지 않았다.

'일생일대의 거래다. 포기하기에는 주어지는 것들이 너무 많아.'

사람은 이득을 본 것보다 피해를 입은 걸 생각하게 된다.

그것은 살수인 은영사검도 다를 수가 없었다.

'이미 전력의 절반 가까이를 잃은 은마당이다. 이것조차 받지 못한다면 수십 년이 지나도 발 펴고 살지 못할 터. 이것은 위기 속에서 피어난 기회와 다를 바 아니야.'

결국 은영사검의 고개가 위아래로 끄덕여졌다.
"이 거래, 승낙하겠습니다."

* * *

"으샤."
딱, 하는 소리와 함께 흑백이 조화로운 바둑판이 흔들린다.
신의건은 머리를 움켜쥐고 고개를 숙였다.
단기중이 놓은 백색 돌은 대국의 승부를 완전히 종결시키는 한 수였다.
실상 진즉 불계패(不計敗)라 할 수 있었지만 그럼에도 기어코 물고 늘어졌거늘 이제는 애초에 놓을 공간조차 없었다.
"이 올망졸망한 것아. 어디서 내 앞에 바둑을 논하느냐. 날 이기려거든 백 년도 멀었느니라."
경박스럽게 웃는 단기중은 연신 낄낄대며 철전을 쓸어 담았다.
이른바 내기 대국에서 그가 신의건을 압도적인 차로 이겨 버린 것이다.

사람이 착하고 능히 대장부의 상이며 호탕하고 그만큼 친화력도 대단하여 신의건은 금세 나머지 왕들과 친해질 수 있었다.

이미 그의 사문은 물론 스승이 왕들과 인연이 깊었고, 신의건 역시 스승의 후예로서 칠왕과 연계를 함이 당연하였다.

서호신가에 거하며 다소 심심함을 참기 힘들었던 단기중에게 신의건은 꿀물과도 같은 존재였다. 신의건과 단기중은 죽이 잘 맞았고 이제는 둘이서 거의 붙어 있다시피 하였다.

거기서 묘하게 신의건은 바둑과 내기라는 단어 두 개를 꺼내 들자 단기중은 바로 승낙했다.

결과는 보이는 대로 신의건의 완패, 단기중의 완승이었다.

"단 선배님은 무공은 수련치 아니하시고 평생 바둑만 두셨습니까? 제가 비록 잘 두는 편은 아니라지만 누구에게 이토록 처절히 깨져 본 적도 없습니다."

"도대체 어떤 인간들이랑 두었기에 처절하게 깨져 본 적이 없는 것이야? 지금 네 실력은 중수(中手)도 되지 못하거늘. 하긴 절간에서 흉험한 검이나 휘두른

놈이 이 고상한 놀이에 힘을 쓸 여력이나 있었겠느냐? 껄껄."

바둑으로도 입심으로도 신의건은 완패였다.

단기중은 히죽 웃으며 차를 입에 담다가 문득 느껴지는 기세가 있어 슬그머니 뒤를 돌아보았다.

저 멀리서 누군가가 무서운 기세로 뛰어오고 있었다. 그리고 그 누군가를 파악하기에는, 단기중의 능력으로 어렵지가 않았다.

"가주님?"

그는 헐레벌떡 뛰어오는 신일하를 보며 고개를 갸웃거렸다.

'저 양반이 뭐 잘못 드셨나?'

누구나 다 그리 보겠지만 신일하는 유쾌한 면이 있으면서도 사람이 진중하고 예의가 확실하여 집안에서 뛰어다니는 성격이 아니었다. 비단 신일하만이 아니라 서호신가 내에 거주하는 모든 무인들의 성격이 가주와 닮아 행동 하나하나에 진중한 멋과 인의예지가 그득하였다.

헌데 신법까지 전개하며 객당까지 오는 것을 보니, 급해도 보통 급한 일이 생긴 것이 아니리라.

순간적으로 단기중의 표정이 굳어졌다.

참으로 멀리 떨어진 곳이지만 그의 엄청난 안력은 신일하의 표정을 샅샅이 읽어 낼 수 있었다. 그는 직감적으로 뭔가 일이 터졌다는 걸 깨달았다.

'무슨 일이지? 이곳으로 온다는 건 분명 우리에게 볼일이 있다는 것인데? 설마 백 선배님과 당 선배? 아니다. 두 분이 가신 일에 문제가 생길 리는 없어. 하면 가연이? 아니야. 녀석이 아무리 빨라도 검림맹에 당도할 시간은 되지 못했으리라. 그렇다면 오왕……?'

타의 추종을 불허하는 감각이었다.

사람의 얼굴을 보고 그 사람의 감정과 정보를 연관지어 계산하는 법이란, 쉽게 할 수 없는 일이다.

그야말로 필생의 공력을 쥐어짜 한순간에 단기중의 앞으로 도달한 신일하였다.

그처럼 빠르게 달렸음에도 호흡 하나 흐트러지지 않음을 본다면, 과연 서호신가의 가주다운 무력이었지만 지금 그것을 바라볼 신경이 있는 사람은 없었다.

"가주님 ,무슨 일입니까?"

"큰일 났습니다."

"진정하시고 말씀하십시오. 혹, 안 좋은 일이라도

터진 것입니까?"

신일하는 작게 심호흡을 하고 단기중에게 말했다.

이미 알 것 다 아는 신의건이 옆에 있었기에 그도 눈치를 보지 않고 모든 걸 꺼내 놓았다.

설령 모르는 이가 옆에 있었다 하더라도 상황이 지나치게 급박하여 말부터 먼저 꺼냈을 터다.

"철혈성의 절강지부, 강서지부, 복건지부, 안휘지부의 대병력이 절강 남부로 움직였다고 합니다. 그 숫자만 물경 천이 넘으며 그들이 움직이는 접점으로 볼 때 필시……!"

단기중은 입술을 깨물었다.

혹시나 하는 불안감이 현실로 다가온 것이다.

"남안탕산……?!"

"그렇습니다. 현재는 그리 추측하고 있습니다."

남안탕산으로 천이 넘는 무인들이 몰려든다.

남안탕산에는 명완석과 진조월이 있을 것이고 별 이변이 없는 한 명완석은 죽게 될 것이다. 이미 죽었을지도 모른다.

진조월의 능력과 감각이라면, 비록 남천독군이라 불리는 명완석이라도 상대가 되기는 어려웠을 것이다.

정보가 잘못되었을 리는 없다.

출처도 확실했고, 믿을 만한 사람들로 구성이 된 정보 인원들이었다.

'설마 명완석을 미끼로 내어 주고 오왕을 잡기 위해서 무인들을 급파했다는 것인가?'

이해할 수 없는 일이다.

물론 진조월이야 철혈성에서 패륜아, 배덕자라 불리고 있으니 철혈성에서는 반드시 잡아서 죽여야 할 존재라 해도 이건 과하지 않은가? 명완석 역시 철혈성에서 너무나도 중요한 위치에 앉은 이가 아니던가.

더군다나 지부들의 움직임은 지나치게 빠른 감이 있었다.

명완석이 진조월을 이겨 낼 수 있는 확신이 있었든지, 그도 아니라면 명완석을 미끼로 던져 주면서까지 진조월을 끌어내고 싶었던 확실한 이유가 있었던지 둘 중 하나일 터.

그는 찰나지간 수많은 생각을 나열했다.

'도대체 왜 철혈성에서 이토록 급하게 오왕을? 도무지 이유를 모르겠군. 중요한 뭔가를 오왕이 가지고 있는 것일까? 명완석이라는 막강한 패를 미끼로 쓸 만큼 대단한 뭔가가 오왕에게 있다는 건가? 그들은 아직 칠왕이 세상에 나선 것을 모를 터, 그렇다면 왕들을 잡기 위한 미끼는 아니었으리라. 게다가 절강을 둘러싼 지부들의 움직임이 지나치게 빠르고 확실하다.'

단기중의 눈에 은은한 위엄이 어렸다.

사태가 급박하게 돌아가자 저절로 신공의 기운이 몸을 휘돌고 있는 것이다.

'확실한 것은 현재 오왕을 잡기 위해 엄청난 병력이 모여들었다는 것.'

천이 넘는 병력이다.

파악하기로, 강서지부에는 묵룡창기병대의 훈련병들이라는 묵염창기대도 존재하며, 절강지부 역시 상권의 이득을 취하기 위해 강인한 무인들이 대거 분포해 있다고 하였다.

물론 진조월 정도의 막강한 무력이라면 그 정도 수준의 무인들이 펼친 천라지망이라 한들 힘겹게라도 돌파할 수 있을 것이다.

문제는, 확실한 뭔가를 갖고 움직이는 철혈성의 움직임 자체에 있었다.

그렇다면 온갖 변수를 계산하고 진조월을 잡기 위해

본 단에서 정예부대를 끌어왔을 가능성도 배제하지 못한다.

더하여 진조월은 제영정과 여설옥이라는 애송이들을 돌봐야 할 문제도 떠안고 있다.

그 둘이 아무리 강하다 해도 경험 없는 애송이에 불과하지 않은가.

단기중이 주먹을 꽉 쥐었다.

'오왕이 위험하다!'

그는 재빨리 의복을 챙기고 나서려다가 일순 주춤했다. 그의 행동을 본 신일하의 얼굴에는 의문으로 가득했다.

단기중의 머리가 다시 한 번 재빠르게 돌아간다.

'감성적으로 여기지 말자. 이성적으로 생각해야 해. 지금 내가 움직이면 칠왕의 접점이 없어진다. 나는 이곳에 있어서 사태의 추이를 지켜봐야 하는 역할을 맡아야만 한다. 움직이는 건 나중이야. 보니 백 선배님과 당 선배는 내일이면 이곳에 도착하실 수 있을 터, 그러나 하루라도 빨리 오왕에게 지원군을 보내야 한다. 그런데 누구를 보내지?'

어중이떠중이를 보낼 수는 없다. 자신이 갈 수도 없다.

오왕이 위험에 처한 문제도 심각하지만 최악의 최악을 가정하며 항상 진중하게 자리를 지켜야 할 왕 중 하나가 바로 패왕인 자신이 아니던가.

단기중은 이 난감한 상황을 어찌 타파해야 될지 순간 눈앞이 캄캄했다.

그때 신의건이 불쑥 입을 열었다.

"혹시 진 형이 위험에 처한 것입니까?"

단기중의 눈이 빛나고 신일하는 가볍게 헛기침을 했다.

"건이는 물러나거라. 네가 낄 자리가 아니니라."

"그럴 수 없습니다, 아버님. 제가 비록 능력이 출중하지 못해 아직까지 제 앞가림도 제대로 하지 못하는 놈이라 하나 그래도 재주랍시고 무공 몇 수 배운 것은 있습니다. 보니 진 형이 대단한 위험에 처한 것 같은데, 비록 하룻밤 술자리로 이어진 인연이라 하나 가볍지 않은 인연이라 내내 생각하고 있었습니다. 친우가 위험에 처했는데 멀거니 땅만 보고 있는 놈을 어찌 사내라 하겠습니까?"

신의건은 그 자리에서 일어나 허리춤에서 달랑거리는 고검을 매만졌다.

"단 선배님께서 가시지 못하는 이유가 있을 것입니다. 그렇다면 제가 가서 진 형을 돕겠습니다."

"어허! 진중하게 자리를 지키거라. 네 알량한 무공과 경험으로 어찌할 수 있는 판이 아니니라!"

"저는 보타성니의 제자이고, 철혈성주의 말도 안 되는 야망을 억제하기 위해 세상으로 나선 협의지사 칠왕들과 연이 있는 사람입니다. 그것은 아버지도 마찬가지이겠지요. 그렇다면 절 보내 주십시오."

신일하는 난감하다는 듯 이마를 매만졌고, 단기중은 가만히 신의건을 보았다.

비록 서로 장난이나 치며 며칠을 보냈지만, 사람을 보아 됨됨이를 알고 성격의 진중함도 남다름을 안다.

게다가 일견하니 몸 안에 쌓은 힘의 깊이가 상당히 놀라워서, 비록 절대고수라는 칠왕에 비하기에는 어려우나 젊은 층에서는 가히 맞상대할 이가 없을 정도로 고강한 절정고수임을 알겠다.

남북십걸, 대강남북에서 꼽히고 꼽힌 후기지수들도 신의건 앞에서 무위를 뽐내지 못하리라.

게다가 눈빛이 맑고 샛별처럼 빛나니 지닌바 지혜도 녹록치 않을 터.

시선의 교환은 한순간이었다.

단기중은 신일하에게 작게 고개를 숙이며 이내 입을 열었다.

“성니께서 어찌 가르치셨는지 모르겠다만, 놀랍게도 네 몸에 쌓인 힘은 능히 절정의 고수로서 손색이 없겠다. 이 길은 위험한 길임을 알고는 있는 것이냐?”

신일하가 놀란 눈으로 단기중을 바라봤지만 신의건은 눈을 빛냈다.

“진 형의 무위가 얼마나 대단한지 저로서는 알기 어렵지만, 필시 왕의 진전을 이었다면 그 능력의 고강함이 제 시선으로 바라보기 어려운 곳에 도달했음을 압니다. 그런 진 형이 위기에 처했을 정도면 심각한 상황일 터. 미욱한 놈이지만 사태를 파악하는 눈이 나쁘지는 않다고 생각합니다.”

침착한 어조였다.

단기중은 가만히 신의건을 바라보다가 이내 고개를 끄덕였다.

“알겠다. 네가 가서 오왕이 산다는 보장은 없지만, 그래도 한 팔 거든다면 나쁘지는 않을 것이다. 그러나 한 가지는 명심하라.”

단기중의 눈에 은은한 위엄이 서렸다.

"죽을 수도 있다."

죽음을 겪어 본 자, 삶과 죽음의 경계에서 매번을 단련하여 스스로를 오롯이 세운 자의 입에서 나온 말이었다.

말에서 풍기는 무게감은 수준부터가 다르다.

신의건은 침을 살짝 삼키면서도 단기중을 똑바로 바라보며 말한다.

"무인이 되어 검을 쥐는 순간 생사의 기로에 선다 함은 피할 수 없는 숙명이겠지요. 칠왕 중 한 명이자 제 친우를 위해 한 목숨 걸 수 있다면 이 또한 의미가 있을 것입니다."

신일하는 이를 꽉 깨물었지만 이내 한숨을 내쉬었다.

더 이상 말려 봤자 들을 아들도 아니었고, 말하는 바 역시 이치에 벗어나지 않았다.

솔직히 걱정이 앞선 만큼, 친우를 위해 사지로 뛰어든다는 아들의 단단한 결심이 내심 기껍기도 하였다.

'그래도 내 아들 하나는 잘 두었구나.'

단기중은 가만히 신의건을 보다가 이내 품에서 비단 주머니 하나를 꺼내 그에게 건네었다.

상당히 조심스러운 손짓에, 신의건 역시 주머니를

받는 손길이 조심스러울 수밖에 없었다.

"세가에서 나서는 순간 주머니를 열어 살펴보아라. 사용법을 적어 놓았으니 최악의 상황에서 너와 오왕의 목숨을 한 번은 구해 줄 수 있을 것이다."

천하의 단기중이 하는 말이었다.

그렇다면 능히 그만한 가치가 있는 물건이리라.

신의건은 고개를 숙이며 감사하다 말한 후 신일하에게도 절을 올렸다.

"아버님, 소자가 불민하여 그간 불효를 저질렀사오나 그래도 보고 배운 바가 있어 작금의 상황에 나서지 않을 수 없음을 깨달았습니다. 다시 돌아올 때까지 부디 옥체만강하시길 바라옵니다."

일사천리였다.

그러나 그 사이에 정과 걱정, 감탄과 위엄이 공존하니 삽시간에 객당의 분위기가 묵직해졌다.

신일하는 아들을 바라보다가 이내 고개를 끄덕였다.

"의로운 일을 하는 네가 자랑스럽다. 부디 위험에 처한 네 친우와 함께 건강한 몸으로 돌아오기를 고대하겠다."

"반드시 돌아오겠습니다."

말을 마침과 동시에 신의건은 바람처럼 그 자리에서 사라졌다.

유려한 신법, 빠르기가 벼락과도 같은 발놀림이었다. 그 발재간을 보며 오히려 신일하가 놀랐다.

"건이가 그래도 성니께 제대로 배운 모양이로구나."

삽시간에 신가의 대문으로 나선 신일하. 어느새 그의 뒤로 문아령이 따라붙는다.

그녀는 살짝 웃었다.

"제가 귀가 좀 밝아서 별 수 없이 들었답니다. 설마 혼자 가시려는 것은 아니겠지요? 사형과 제가 함께한다면 적어도 죽을 일은 없을 것입니다."

신의건의 표정이 순간 굳어졌지만 이내 웃음으로 돌변하였다.

"오냐. 우리 한 번 멋들어지게 진 형을 구해서 돌아오자. 내 그 사람 만나자마자 볼기짝부터 때려 줘야겠다."

그렇게 남해보타암에서 비밀리에 키운 제자들, 세상 사람들은 모르는 절정 공력의 소유자인 두 남녀가 절강 남안탕산으로 질주하였다.

진조월이 명완석과 대치하기 하루 전의 일이었다.

5.

야차재림(夜叉再臨)(2)

무시무시한 전투를 끝내고 숲속으로 들어간 진조월은 가볍게 숨을 몰아쉬었다.

어깨와 옆구리, 허벅지에 작은 상처가 나있다.

조금만 깊게 들어갔어도 경력이 침투하여 내장까지 상했을 터, 아슬아슬했지만 묵염창기대 사백과 싸운 전투의 결과물치고는 믿을 수 없을 정도로 미미한 상처였다.

헐떡이며 그를 따라온 제영정과 여설옥은 재빨리 진조월의 몸을 살폈다. 다행히 크게 다친 것 같지는 않았다.

"진 사형, 무모했습니다."

비록 뒤따르는 존재라 하지만 가슴을 졸이며 전투를 바라본 두 사람이었다.

진조월은 제영정과 여설옥의 눈을 한 번씩 보다가 이내 고개를 저었다.

"묵염창기대는 야수와 같은 이들이다. 지금 당장 보냈다면 나중에 더 골치가 아팠을 터, 당장 몰살을 시키는 것이 정답이었다."

여전히 차갑고도 차가운 말투였다.

그러나 이전처럼 한 톨의 정도 느껴지지 않은 무미건조함은 많이 사라진 상태, 안타깝게도 세 사람은 그런 감정의 변화를 느낄 정도로 편안한 상황이 되질 못했다.

"명강단을 복용하시겠습니까?"

"되었다. 아직은 괜찮다. 최후까지 아껴야 할 것이다."

진조월은 선 채로 빠르게 운기조식에 들어갔다.

이미 깨달음의 경지부터가 인간의 영역을 초월한 그였기에 아주 짧은 시간으로도 몇 바퀴의 진기를 돌려 단전을 안온하게 만들어 낼 수 있었다.

그 와중에도 주변을 살펴 혹시나 모를 살기에 대응하니, 이는 그의 무공이 화경을 넘어섰도 있지만 그만큼 익힌 무학의 수준 역시 높다는 걸 뜻하리라.

"아직은 갈 길이 멀다. 내려가는 길이니 지리의 이점은 있을지언정 상대의 강인함 역시 도를 더해져만 갈 것이다. 이제부터 내가 너희들에게 신경을 쓰지 못할 수 있다. 제 몸은 스스로가 확실하게 지키거라."

대답은 듣지 않는다.

그 말을 끝으로 진조월이 신법을 펼치자, 제영정과 여설옥은 그의 뒤를 따라 신형을 이동시켰다.

특히나 여설옥은 진조월에게 묻고 싶은 것이 있었지만 애써 삼켰다.

'왜 검을 쓰지 않으시는 걸까?'

권법과 장법은 근접전에서 확실히 검보다 우위에 있지만, 이처럼 대규모 접전에서는 병기를 사용하는 것이 확실하게 낫다.

게다가 장력을 발출한다거나 권풍을 내뿜는 것은, 검경을 내치는 것보다 내공의 소모가 조금이라도 더 많을 터. 그럼에도 검을 쓰지 않는 것이 그녀는 궁금했다.

그 이유는 진조월만이 알 것이다.

그렇게 얼마나 내려왔을까.

저 멀리서 한 줄기 첨예한 검기가 날아들었다.

은밀하진 않으나 번개처럼 빨랐고, 검기의 날카로움이 능히 바위조차 잘라 낼 정도인지라 진조월도 마냥 무시하기는 어려웠다.

그의 좌수가 검기와 닿았다.

파악!

강렬한 섬광과 함께 검기는 사라졌지만 진조월의 신형도 멈출 수밖에 없었다.

전면부에 나타난 이들.

하나같이 붉은 무복을 걸친 무인들이었다. 땅에 선 이들도 있었고, 바닥에 앉아 풀잎을 문 이들도 있었다. 저 높은 나무 위에 앉아서 발을 흔드는 이가 있는가 하면 대놓고 옆으로 누워 발을 까딱이는 이들도 있었다.

모양새만 본다면 가히 파락호와 다를 바가 없다.

시중잡배들이라 한들 이렇게 풀어진 모습을 보이진 않을 것이다. 그러나 그들의 붉은 무복과 등에 찬 장검을 본 제영정과 여설옥의 얼굴은 한없이 굳어졌다.

"혈영검단(血影劍團)."

철혈성 본 단에 거하고 있는 정예부대 중 한 곳.

붉은 무복과 붉은 장검을 쓰는 검귀(劍鬼)들의 집단으로, 오로지 상대의 파멸만을 위해 달려간다는 귀신들이었다.

그리고 진조월을 향해 한 줄기 검기를 내친 사람이, 나무 위에서 천천히 뛰어내렸다.

중년의 나이.

다소 신경질적으로 생겼으나 얼굴을 종횡으로 가로지른 검상이 섬뜩한 분위기를 자아낸다.

손에 쥔 장검은 핏빛에, 중키의 평범한 체격이었으나 온몸에서 뿜어지는 살기와 검기가 놀라우리만치 강렬했다.

진조월의 눈동자가 한층 더 차가워졌다.

"호일석(湖日席)."

다름 아닌 혈영검단의 단주 호일석이었다.

미친 살귀들의 집단을 홀로 다스리는 광기의 지배자.

비록 검의 경지는 강호에서 손꼽히는 이가 아니라 하나, 실전, 살인, 전쟁, 투쟁의 영역에서는 그를 따라올 검객이 천하에서 찾기 어렵다는 전투적인 검객이었다.

상대의 파멸을 위해서는 무슨 짓이든 거리낌 없이 저지를 수 있다는 늑대와도 같은 자.

호일석의 입가가 살짝 올라갔다.

"본 성의 패륜아. 아직까지 살아 있다니 놀라울 따름이군. 게다가 내 검력을 손짓 한 번으로 막아 낸 것을 보면 무위도 대단히 상승한 것 같은데. 이거 통탄할 일이로다."

진조월의 표정은 변함이 없었다. 반대로 제영정과 여설옥의 표정이 더욱 굳어졌다.

호일석의 눈동자가 제영정과 여설옥을 훑는다.

"하물며 패륜아를 잡아 오라 나가신 우리 공자와 공녀께서 그와 함께 지내다니, 역시 근묵자흑(近墨者黑)이라. 네놈의 혓바닥이 얼마나 매끄러웠으면 그래도 총명하다는 오공녀님도 넘어갔을까. 네놈의 감언이설에 공자와 공녀께서 넘어가는 광경이 훤히 보이는구나. 이래저래 용서하기 힘든 놈이다."

여설옥의 얼굴이 붉어졌다.

"닥치세요, 호 단주! 당신은 지금……!"

"공자님과 공녀님은 차후 큰 벌을 받게 되실 겁니다. 지금이라도 얌전히 저희 측으로 오신다면 다치지 않게

성으로 압송하겠으니, 이리로 오시지요."

아닐 땐 공경하지만 적이라고 간주했을 때는 조금의 미련도 없이 검을 뽑을 작자들이었다.

그래서 무력으로는 제일이라 말하지 못하지만, 사납고 음험하기로는 혈영검단을 따라올 집단이 몇 없었다.

야생의 거친 맹수들.

그들의 눈은 아닌 듯하면서도 모두 진조월을 향해 있었다.

조롱기가 다분한 자세, 상대의 흥분을 유도하기 위한 눈빛과 행동들이 그야말로 파락호 저리 가라였다.

그럼에도 진조월에게 집중하는 것은, 그의 무력이 남다르다는 걸 깨닫고 있기 때문이리라. 확실히 그들의 감은 대단한 데가 있었다.

제영정이 여설옥에 이어 입을 열려는 찰나였다.

진조월의 입이 먼저 열린다.

"호일석."

"더러운 주둥이로 내 이름을 부르지 마라. 패륜아면 패륜아답게 고개를 조아리고 사죄부터 올릴 생각을 해야지, 어찌 이런 망종이 있단……."

"네놈도 삼 년 전 그 자리에 있었다는 걸 내 안다."

얼음장처럼 차가운 눈동자는 한기를 더해만 가고 무표정했던 얼굴에 아주 자그마한, 자그마한 미소가 맴돌았다.

죽음의 미소였다.

이전의 전투에서는 비록 강렬한 기파로 상대의 전의를 꺾었던 바 있었으나 근본적으로 우러나오는 살기는 없었던 진조월이었다.

그러나 지금은 다르다.

그의 눈동자가 파랗게 물들기 시작했다.

호일석은 피식 웃었지만, 등골을 훑고 지나가는 감각에 속으로 마음을 다잡았다.

'위험하다. 무슨 사람의 눈빛이 저리도…….'

검은 동공이 파랗게 물든다.

그곳에서 시작한 살기는 이내 온몸으로 전파되어 그의 주변 전체에서 넘실대기 이르렀다.

마치 시커먼 안개가 주위를 맴도는 듯했다. 살기의 의형화(意形化), 눈으로 보일 정도로 거세어진 살기에 호일석은 침을 꿀꺽 삼켰다. 무수한 전투를 치르면서도 한 번 보지 못했던 살기였다.

'위험하다!'

"찾아가서 멱을 따도 시원찮을 판에 이렇게 나타나 주니 차라리 내가 고맙군. 내 약속하지. 적어도 너만큼은 사지를 찢어 죽어서도 후회하게 만들어 주마."

산만한 덩치의 호랑이가 바로 옆에서 으르렁댄다면, 이와 같은 공포심을 전파시킬 수 있을까.

제영정과 여설옥은 이질적인 살기에 하얗게 질려 뒤로 물러섰고, 혈영검단의 검수들 역시 격장지계가 통할 상대가 아님을 알아 자세를 고쳤다.

육체 자체에서 흘러나오는 살기가 이미 눈에 보이는 영역 전체를 휘어잡고 있었다.

그럼에도 검을 쥐고 자세를 잡는 혈영검단의 모습을 본다면, 과연 철혈성의 정예부대라 손꼽힐 만했다.

호일석 역시 안색이 파랗게 질렸다.

살기로 만들어진 악귀가 속삭이는 듯하여 도통 심장의 두근거림이 멈추질 않는다. 어쩐지 진조월의 말은, 정말로 그리 될 것만 같은 불쾌한 확신감이 가득하였다.

그가 중단에 검을 세우고 진조월에게 뻗었다.

"네놈의 오만은 감히 천하에서 제일이라 할 만하구나. 감히 본 검단 앞에서……."

"주둥아리 놀리는 건 그만!"

설마 호일석까지 오리라고 생각하지 못했다.

그래서 더 반가웠다. 지옥 끝까지 쫓아가서라도 죽일 놈 중에 한 명이 바로 호일석 아니었던가.

진조월은 더 이상의 대화가 무의미함을 깨닫고 환신공공비를 극한으로 전개했다.

폭발적인 절대마공력(絕代魔功力)이 환신공공비라는 신법으로 돌아가고 진조월의 신형은 덕분에 번개가 무색하리만치 빠르게 호일석에게 향했다.

급습이 있을 거라 대비는 하고 있었으나, 진조월의 신형은 지나치게 빨랐다.

호일석은 기겁하여 몸을 옆으로 돌렸으나 악마의 손아귀를 전부 피해 내지는 못했다.

콰드득!

"크으윽!"

소름끼치는 소리와 함께 그의 왼팔이 말 그대로 뜯겨져 나갔다.

생으로 팔이 뽑히는 무자비한 고통.

참룡금조수의 참혹한 위력은 호일석이 피해 내기에 지나치게 강렬하고 빨랐다.

그는 재빨리 몸을 굴리면서 점혈로 지혈한 뒤 뒤를 돌아보았다.

그의 안색이 창백해졌다.

자신에게 공격이 집중되리라 생각했던 그였다.

그러나 진조월의 신형은 호일석의 팔을 뽑아냄과 동시에 혈영검단 한가운데, 직선으로 치고 나가 양팔을 휘둘러 댔다. 복수는 복수고 섬멸은 섬멸, 이렇게 진득한 살기를 발함에도 전투의 결을 읽어 낸 진조월이었다.

진조월의 양다리가 폭풍처럼 검수들을 쓸어 갔다.

검단의 검수들이 제각기 검을 들어 막으려 했지만, 그의 각법(脚法)은 혈영검단 검수들의 무력으로는 막을 수 없는 강렬함으로 가득했다.

뼈가 부러지는 고약한 소리와 함께 무려 네 명의 검수들이 그 자리에서 즉사하고야 말았다.

죽은 그들은 머리통이 터지거나 목이 기이한 방향으로 꺾였는데, 마치 보이지 않는 거인이 강제로 후려친 것만 같은 모양새였다.

끔찍한 광경.

다만 위력을 분산시켰기에 표적이었던 또 다른 세

명의 검수들은 검이 부러지는 것으로 충격을 대신할 수 있었다.

천마삼십육절, 광풍십이각(狂風十二脚)이었다.

진조월은 살기가 치솟는 와중에도 묘하게 감탄했다.

'과연 혈영검단.'

묵염창기대라 할지라도 지금의 일격으로 표적이 되었던 모두가 사망했으리라.

이 와중에 세 명이 살아남았다고 하는 건, 이들의 무력이 묵염창기대와 차원을 달리 할 정도로 정제되고 강인하다는 뜻과 같으리라.

그러나 감탄은 있을지언정 용서는 없었다.

발길질이 끝남과 동시에 허공에서 팽이처럼 돌아가는 진조월의 몸이었다.

회오리바람처럼 휙휙 돌아갈 때, 그의 손가락이 정확하게 열 명의 검수들을 향했다.

따다다다당!

송곳처럼 날카로운 지풍(指風)이 검수들 중 일곱의 머리통을 완전하게 뚫어 버렸으나 이전과 마찬가지로 다른 세 명은 검으로 막아 겨우 죽음은 면할 수 있었다.

방향이 많았고, 그만큼 위력이 분산되었기 때문이라지만 확실히 그들의 힘은 기특한 데가 있었다.

진조월이 시행한 혼천지(混天指)의 여파로 죽어 간 검수들.

그러나 검수들의 눈동자에는 오로지 필살(必殺)의 의지만 가득하였다.

진조월의 주위에 있는 검수들은 물론 그 너머에 있는 검단의 검수들 역시 순식간에 진형을 짜 진조월 한 명을 향해 무자비한 검기를 내뿜었다.

빠르고 강하며 예리하다.

문제는 검기의 강인함을 떠나 도무지 도망칠 곳이 단 한군데도 없다는 것에 있었다.

팔방을 점하고 오로지 한 존재의 몰살을 위해 다각도에서 쏘아 낸 검기는 피할 수 있는 방위를 완전히 지워 냈다.

진조월의 눈동자가 한층 더 푸른빛을 발했다.

벼락치는 소리와 함께 자욱한 먼지가 피어올랐다.

검기가 모조리 격중한 듯, 진조월이 서 있던 땅은 거의 난자가 되다시피 하였고, 튕겨나가는 돌멩이로 인해 한순간 땅이 뒤집힌 듯했다.

제영정과 여설옥의 얼굴이 창백해졌다.

아무리 생각해도 진조월이 수십 갈래로 찢어져 죽은 것만 같았기 때문이다.

혈영검단의 검수들은 물론 호일석의 표정에서도 득의양양함이 퍼질 때.

먼지를 걷어 내고 뻗어 나간 다섯 줄기의 무자비한 광풍이 동쪽을 점한 검수들에게 재앙처럼 다가왔다. 마치 화탄 다섯 줄기가 쏘아진 듯했다.

콰르르릉!

땅의 지형이 바뀌는 무력이었다.

다섯 줄기의 거대한 고랑을 만들어 내며 쏘아진 장력은 무려 이십여 명의 검수들을 피떡으로 만들고, 십여 그루의 나무를 죄다 박살 내서야, 멈추었다.

이 믿기지 않은 사태에 순간 정적이 일었다.

먼지가 걷히자 드러난 진조월의 몸.

여기저기 베이고 피가 흘렀지만, 피륙만 베인 모양새였다.

여전히 그는 건재했고 눈동자에서 흐르는 한기와 살기는 도를 더해져만 갔다.

호일석이 침을 꿀꺽 삼켰다.

"마도제일장(魔道第一掌) 오행굉렬포(五行轟裂砲)……."

과거 창궐했던 마도의 무리들 중에서 익힌 자가 다섯 손가락 안에 꼽혔다는, 극악의 난이도와 극한의 위력을 가진 최악의 장법.

압벽장과 함께 마도제일장으로 불리는 파괴력의 화신.

어느새 진조월의 손에는 혈영검단의 자랑인 혈사검(血死劍)이 들려 있었다.

빠져나가고 싶어 앙탈을 부리는 파검을 잠재우며 그는 시뻘건 장검을 쥐었다.

"마침 네놈들이 검객들이라 다행이로군. 이제부터 진짜 지옥의 시작이다."

진조월의 눈동자가, 이제는 완전한 파란색으로 물들었다.

* * *

정이량은 이를 악물었다.

'제기랄. 하필이면 혈영검단이 지금 나타나다니!'

혈영검단은 단 하나의 단어로 표현이 가능한 단체였다.

욕망.

살인의 욕구, 전투의 욕구. 오로지 삶과 죽음의 경계에서 선 싸움에서만 희열을 느낀다는 죽음의 살귀들이 혈영검단이었다.

마지막에 마지막까지 자중하라는 말은 듣지도 않은 채 어느새 이곳까지 몰려든 것을 보면 그사이에 몸이 근질근질했던 모양이다.

물론 크게 문제가 될 것은 없었다.

커다란 그물망을 중첩하여 진조월을 잡는 것이 이번 작전의 주요골자였고, 강한 무인들이 먼저 나서건 상대적으로 약한 무인들이 먼저 나서건 계획에 큰 차질은 없을 것이다.

오히려 피해를 줄이기 위해 확실한 고수들이 먼저 투입되는 것이 낫다. 그래서 정이량은 누구보다도 빠르게 남안탕산으로 등천용궁대를 배치했었다.

문제는 작전 자체를 정이량이 뒤집으려 했다는 것이다.

그는 진조월과의 대화를 원했다.

먼저 검부터 빼 들지 않은 이상, 주변을 물리고 대화하여 그의 심중을 알아보고 진실을 알아보려 했었다.

그가 보기에 제영정이나 여설옥은 어려서 세상 물정을 모르는 바가 많았으나 신중하지 못한 성격은 아니고, 나름대로 시선이 올곧아 함부로 판단할 이들도 아니었다.

그런 이들이 진조월을 따라다닌다는 것은 분명 자신이 모르는 뭔가가 있으리라. 그는 그렇게 판단했다. 하물며 모용광 역시 진조월은 그럴 사람이 아니라고 하지 않았는가.

생포를 해도 대화를 마친 후 생포하려 했었다.

그것이 정이량이 생각하는 가장 합리적이고 바른 작전이었다.

한데 혈영검단이 나타나 작전을 망쳤다.

애초에 무자비한 살귀들의 집단인 혈영검단을 정이량이라고 좋아할 리가 없었다.

철혈성이라는 거대한 테두리 안에 거하고 있으나 혈영검단은 성향 자체가 사(邪), 혹은 마(魔)에 가까운 이들이 아니던가.

하루에 한 사람이라도 죽이지 않으면 잠이 오질 않

는 성격들이라 하니, 일면 기가 막히는 인간들이다.

되레 그런 그들이 임자를 만나 혼쭐이 난다면 정이량으로서도 반가운 일이었다. 그러나 지금 진조월의 모습은 도무지 대화를 할 만한 상황이 아니었다.

하늘을 뚫어 버릴 정도로, 말 그대로 충천하는 살기가 이 멀리 떨어진 곳까지 느껴진다.

만들어진 살기가 아니라 마음에서 우러나오는 진짜배기 살기.

얼마나 원한이 짙었으면 이만한 살기를 발산할 수 있을까. 멀리 떨어졌는데도 등을 돌리고 싶을 정도의 처절한 살기였다.

혈영검단이 몰살되는 것은 둘째 치고, 그들을 모조리 죽는다면 진조월의 살기도 진정이 될까?

정이량은 아니라고 생각했다.

이런 엄청난 살기는 발산하기도 쉽지 않지만 수습하기는 더 어려운 법 아니던가. 게다가 혈영검단의 힘은 어느 개개인이 이길 수 있을 정도로 만만하지가 않다.

지금이야 힘이 넘쳐 무차별로 학살을 하는 듯 보이지만, 진형을 짜 차근차근 접근하는 저 전투의 무리들을 보면 진조월도 어느새 힘이 빠져 죽음으로의 여정을 떠나게 되리라.

'빌어먹을 호일석! 그렇게 참으라 했건만!'

이 싸움을 멈추어야 하는가?

멈춘다면 어떻게 멈추어야 하는가?

대화로 차분하게 끝낼 수 있는 상황이 아니었다.

설령 혈영검단은 진정이 된다 해도 진조월은 끝장을 볼 기세였고, 수습되지 못한 살기는 팔방으로 뻗어 나가 결국 전투가 재개될 것이 자명했다.

정이량은 고민했다.

전투를 멈추게 만드는 해답은 이미 나와 있었다.

거친 방법이지만 그 수밖에 없다.

그러나 그리 된다면, 자신은 물론이거니와 등천용궁대는 철혈성과 한 하늘을 이고 살 수 없는 원수지간이 되리라.

언제나 항명(抗命)은 극단적인 방향으로 양측을 몰아가는 법 아닌가.

물론 항변을 할 수는 있지만 같은 소속의 부대를 공격했다는 것만으로도 이미 씻을 수 없는 죄에 다름이 아니다.

더불어 자신의 판단으로 형제처럼 지냈던 부대원들

의 생사까지 판결이 될 것이다.

그대로 지켜만 봐야 하는가, 아니면 바른 길을 찾기 위해 애써야 하는가.

'고민이구나.'

그러나 그의 심각한 고민은 애초에 필요가 없었다.

그는 일각 후, 믿을 수 없다는 눈으로 전장을 바라보았다.

그곳에는 지옥에서 갓 올라온 한 마리의 미친 악귀가 세상을 향해 포효하고 있었다.

* * *

"막아! 제삼 진으로 질주를 막아!"

"제기랄! 전방! 전방 지원해!"

"앞쪽에서 최대한 버텨!"

아수라장이었다.

검을 든 한 명의 무인.

그 무인을 죽이기 위해 몰려드는 수많은 검수들이 새된 비명을 지르며 이를 악물고 있었다.

혈영검단 역시 그들 특유의 진법을 익히고, 그것은

거대한 그물처럼 펼쳐져 파도처럼 쓸어 가는, 전형적인 돌격진(突擊陣)과 이차적인 포위진의 형태를 추구하고 있었다.

그러나 진조월에게는 진이 통하질 않았다.

진법을 펼칠라, 싶을 때 번개처럼 이동하여 진의 중추 자리에 나타나 검을 휘두르는데, 한 번 검이 휘둘러질 때마다 반드시 한 명은 목숨을 잃었다.

한 번의 검놀림으로 한 명의 목이 뎅겅 잘려 나가는 것. 그것이 혈영검단에게는 치욕이자 공포였다.

막아도, 막아도 도무지 손이 저리고 내장이 진탕이 되어 두 번은 막을 수 없었다.

최소 다섯이 검을 휘둘러 진조월의 강인한 검력을 막아도 그중 한 명의 목은 달아났다.

그럼 검을 막았던 검수들은 재빠르게 뒤로 빠지고 후위에서 버틴 검수들이 재차 진조월의 검을 막는다.

그럼에도 피해는 차근차근 늘어만 갔다.

믿을 수 없는 힘.

어느새 그들은 진조월을 '공격' 하는 것이 아니라 진조월의 공격으로부터 '방어' 하는 데에 급급했다.

공격을 감행하려 해도 신들린 보법(步法)으로 피해

버리니 맞지도 않고 진법의 기세로 억누르는가 싶으면 날카로운 검기 한 번으로 기세조차 찢겨 나간다.

도무지 어떻게 손을 쓸 수가 없는 상황이었다.

그러나 진조월이라고 문제가 없을 수는 없었다.

혈영검단의 힘은 묵염창기대와 차원을 달리했다.

느껴지는 압박감이 그러했고, 무인들의 수준이 그러했으며, 지칠 줄 모르는 투지가 그러했다. 그들은 공포에 짓눌렸음에도 오히려 공격을 하는 무식한 방법을 예사로 쓰는 이들이었다.

천고의 보법이라는 군림마황보법으로 검수들의 검을 피해 가며 공격하고 있었지만, 내치는 검술과 보법의 조화는 진의 압박감을 벗어나기 위해 보다 많은 내공을 필요로 했으며 그만큼 진조월을 지치게 만들었다.

더군다나 언제 날아올지 모르는 등천용궁대의 화살 또한 무시할 수가 없었다.

묵염창기대의 경우 무인들의 수준이 낮아 번개처럼 이동해서 모조리 몰살을 시켰다고 하지만, 이처럼 강한 압박으로 들어올 때 몸놀림이 둔해질 수밖에 없고, 그때를 노리는 화살은 진조월도 무시할 수가 없을 것이다.

그것이 그의 심력을 갉아먹었다.

하지만 동시에 그의 살기는 고양되어 간다.

감각적으로 움직이며 검수들의 공격을 피해 가고 반드시 한 명의 목을 잘라 내고는 있지만, 그의 시선은 오로지 호일석에게 집중이 되어 있었다.

그 때문일까? 시간이 지날수록 그의 몸에서 이는 살기는 농도가 짙어져만 갔고, 이제는 공포를 모른다는 혈영검단의 검수들조차 질린 안색으로 다가기가 힘들 지경이 되었다.

움직이는 살기의 덩어리라 봐도 무방할 것이다.

진조월의 눈이 빛났다.

짙은 살기로 검수들이 주춤한 틈을 잡은 것이다.

일순 그가 쥔 검이 세 개로 나뉘며 극한의 검기를 뿜어냈다.

무인들에게 있어 내공력을 실은 강인한 공격은 약간의 시간을 필요로 하기에 실제 실전에서는 거의 쓰이기가 힘들다는 단점이 있다.

그러나 진조월이 깨우친 검의 이치는 상식을 넘어선 수준이었고, 짙은 살기로 검수들은 틈을 만들어 주었다.

그 틈이 진조월에게 힘을 모을 수 있는 찰나의 시간을 건네준 것이다.

세 개로 나뉜 그의 혈사검에서 벼락처럼 시퍼런 검기가 쏘아졌다.

피할 수 없는 속도, 막을 수 없는 강함.

검수들의 표정이 바뀌기도 전에 이미 공격은 닿아 있었다.

콰지직!

비명 소리도 없었다.

그의 검에서 뿜어진 낙뢰와 같은 검기는 단박에 십여 명의 검수들을 갈가리 찢어 내며 동시에 태워 버리는 극악의 위력을 자랑했다.

마도오대검공 중 하나.

그가 즐겨 사용하는 혈랑검결이 아닌, 낙뢰삼검(落雷三劍)의 뇌공추(雷公趨)라는 검기공(劍氣功)이었다.

일순간 전장에 정적이 일었다.

이미 전설이 되어 버린 검법이 나타난 것에 대한 놀라움과 그 검법의 위력에 전투가 마비되어 버린 것이다.

그리고 그것은 진조월에게 너무나도 고귀한 시간으

로 다가왔다.

산으로 부는 다섯 줄기의 시원한 바람이 그의 왼손에 머금어지고, 이내 각기 다른 기운을 품은 다섯 바람은 맹렬하게 회전하며 응축된다. 응축된 다섯 기운의 바람은 군림마황진기라는 천고의 마공으로 달아올라 파괴력을 발산하여, 이내 탄경(彈勁)의 발경법(發勁法)에 따라 전면으로 휘몰아쳤다.

이 모든 과정이 일수유에 벌어지니, 이 장법이 바로 파괴력으로는 마도제일이라는 명성을 얻는 최악의 절기 오행광렬포였다.

꽈르릉!

거친 소리와 함께 진세를 찢어발기고 나아간 포탄이 무려 삼십여 명의 검수들을 가랑잎처럼 날려 버렸다.

그중 스물은 온몸이 피떡이 되어 즉사를 면치 못했고, 다섯은 팔다리가 전부 부러져 전투불능이 되었으며, 나머지 다섯은 경력의 여파에서 겨우 벗어났으나 손가락뼈와 손목뼈가 으스러져 검을 놓쳤다.

일장(一掌)에 서른의 사상자를 내어 버린 광경.

호쾌함과 강렬함을 넘어선 기괴함이었다.

"모두 정신들 차려라! 천천히 압박을 가해!"

호일석의 외침에 재차 혈영검단의 검수들의 기세가 높아졌다.

그들의 기세는 그물처럼 진조월을 감쌌고 진조월은 다시 진흙에 빠진 사람마냥 몸이 축축해지는 걸 느꼈다.

그러나 검수들도 함부로 다가오지는 못했다.

고양되는 살기도 살기지만 조금 전 펼쳐진 전설적인 무공들은 거칠게 살아온 그들에게 경외심을 주기에 충분했다.

진조월은 가볍게 심호흡을 했다.

진세가 발동하기 전에 빠져나갈 수도 있었지만, 그는 그러지 않았다.

빠져나갔다면 한 호흡만에 들끓는 진기를 다독이지도 못했을 것이고, 결국 연계기를 사용하게 될 것이며, 나중에는 파탄을 보이게 되었을 터.

지금이 좋다.

어느새 삼백의 혈영검단 중 백이십에 달하는 사상자가 났다. 말이 사상자지 전부 다 죽었다고 보는 게 옳았다.

시간이 얼마나 지났다고, 얼마나 많은 고수들을 잡

는다고 천하의 혈영검단이 백이십이나 희생이 되었을까. 호일석은 기가 막혔다.

'지금 죽이지 않으면 평생 잡지 못한다.'

평생 잡지도 못할뿐더러 언제 자신을 죽이러 올지 모를 공포에 싸여, 살아도 사는 것이 아니리라.

그는 질린 얼굴로 재차 외쳤다.

아무리 지혈을 했다 하더라도 왼팔이 생으로 뜯겨 나가는 중상을 입었건만 그의 외침은 여전히 강렬했다.

"뒤를 돌아보지 마라! 이제는 수비 따위 상관하지 마! 무조건 돌격으로 죽여! 몸을 돌볼 생각은 하지도 마라!"

평소라면 이런 무리한 명령을 내리지 않았을 호일석이었다. 워낙 믿기지 않는 위용을 보니 그 역시 치가 떨려 냉정함을 잃은 것이다.

그것이 진조월에게는 호재로 다가왔다.

그래도 이전까지 방어는 했던 검수들이었다.

이제는 방어조차 하지 않고 너 죽고 나 죽자 식으로 검을 들이미는데, 워낙 극단적인 공격인지라 순식간에 수많은 틈을 만들어 낸다.

같은 수준의 고수가 이런 부담스러운 공격을 한다면

물러서겠지만, 아무리 진법을 펼쳐 기세로 묶는다 해도 진조월과 그들의 무공 격차는 하늘과 땅이었다.

게다가 냉정함이 미덕인 혈영검단의 진법이 불처럼 거칠게 변하면서 진세에도 문제가 오니 거대했던 기파가 붕괴되기 시작했다.

진조월의 날카로운 눈이 혈영검단 검수들의 모든 틈을 한순간에 읽어 냈다.

철혈성 최악의 늑대들이라는 혈영검단.

그들의 몰락이 시작되고 있었다.

*　　*　　*

"내 그저 명령을 내릴 수 있는 위치에 있으나 함부로 판단할 수 없어 너희들에게 물어보고 싶었다. 이탈하고 싶은 자들은 이탈해도 좋다. 그러나 나는 끝까지 진실을 보고 싶으며, 무엇이 진실인지 안 이후에 행동을 감행할 것이다. 섣불리 일을 벌여 스스로에게 부끄러운 사람이 되고 싶지 않다."

"대주님의 결정을 저는 따르겠습니다."

"이 부대주. 자네는 어찌할 생각인가?"

"……그것이 정녕 옳은 길이겠지요?"

"옳은 길인지는 나도 모른다. 다만 작금의 상황은 지나치게 급박하고 어딘가 어그러져 있다는 느낌을 지울 수가 없다. 대공자님도 그러했고, 제 공자님과 여공녀님 역시 함부로 판단할 만큼 어리석은 분들이 아니지 않으냐? 나는 내가 모르는 내막과 수면 위로 떠오르지 않은 숨겨진 뭔가가 있다고 본다."

"대주님에게는 그것이, 명령보다도 우선이라고 생각하시는 것입니까?"

"그렇다."

"……."

"내가 철혈성에 들어온 이유는, 정사(正邪)의 구분을 떠나 중도를 지키는 무인들의 집단이었기 때문이다. 그러나 진실이 왜곡되고 숨겨진 흑막이 있다면 나는 그것을 참기가 어렵다. 언제나 난, 내가 날 대할 때 부끄럽지 않기를 원할 뿐이며, 지금의 난 부끄럽지 않기 위해 결단을 내렸다. 하나 나의 가치관과 너희들의 가치관이 같을 수는 없을 것이다. 그래서 이런 자리를 간단하게나마 마련한 것이다."

"……저는 대주님을 따르겠습니다."

"그것이 이 부대주, 자네의 결정인가?"

"직속상관의 명령을 듣는 것, 그것이 제 선택입니다."

"좋다. 그렇다면 전원 전장으로 돌격한다."

"한데 장 호법님께는 말씀을 드릴 것입니까?"

"……보고하지 않는다."

*　　*　　*

"헉. 헉."

무수한 전투, 무수한 싸움.

아무리 절대고수라 하더라도 지치지 않을 수가 없을 터.

온몸을 피로 뒤집어쓴 진조월은 거친 숨을 몰아쉬었다.

무인이 호흡이 정리가 되지 않는다 함은 그만큼 제 몸을 돌보지 못할 정도로 힘들어졌다는 뜻이니, 지금 그가 얼마나 지쳤는지 단적으로 보여 주는 모습이라 하겠다. 하지만 결과물을 생각하면 그의 모습은 그나마 정상에 가까웠다.

혈영검단의 전멸.

미친 야수들의 집단이라는 검귀들은 단주인 호일석을 제외하고 전원 목숨을 잃었다.

진법을 짜서 덤볐다면, 오히려 진조월이 극한의 위기 속에서 되돌아오지 못할 강을 건넜을 수도 있었다. 그러나 호일석의 명령, 그리고 스멀스멀 심장을 움켜쥐는 공포 속에서 그들은 부나방처럼 덤벼들었고, 그것이 진조월에게 기회가 되었다.

검수들이 죽어 갈수록, 죽음은 피할 수 없는 기정사실이 되어 검수들의 감정을 격하게 흔들어, 그들은 반쯤 미쳐서 무조건적인 돌격만을 감행했다.

모든 검수들이 몰살당했던 시간.

그 시간은 단 이각.

반 시진의 반이라는 짧은 시간 동안 천하의 정예부대라는 혈영검단이 초토화가 되어 버린 것이다.

이 믿기지 않는 위업을 일구어 낸 진조월은, 그러나 속으로 한탄했다.

'아직 멀었다. 나 또한 흥분해서 냉정하게 전투를 이끌어 내지 못했다. 차근차근 상대했다면 이렇게 지치지도 않았을 터, 아직 스스로를 다스리지도 못하다니.'

죽은 혈영검단의 검수들이 그의 생각을 읽었다면 입에 거품을 물었을 것이다.

하지만 진조월은 진심으로 반성했다.

물론 반성은 반성이다. 당장 해야 할 일을 뒤로 미룰 정도로 진조월은 몸이 무거운 사람이 아니었다.

그는 호흡을 고르면서도 허리를 꼿꼿이 펴고 호일석에게 다가갔다.

손에 쥔 혈사검을 아무렇게나 던져 버린 그의 모습은 오히려 진한 공포를 발산하였다.

호일석은 완전히 체념했다.

도망치려면 도망칠 수도 있었다. 하나 아무리 도망쳐도 진조월의 손에 잡혀 끔찍한 죽임을 당할 것이라는 확신이 있었다.

그가 보았을 때 진조월이라는 인간은, 인간이라는 단어를 써서는 안 될 괴물이었다.

그의 손에 잡힌 혈사검이 떨어졌다.

진조월의 눈동자에 다시금 푸른 빛깔의 살기가 떠올랐다.

"시작하기 전에 말했지? 사지를 찢어서 죽어서도 후회하게 만들어 주겠다고."

호일석의 눈썹이 거칠게 떨렸다.

왼팔이 통째로 뜯겨 상당한 양의 피를 흘리면서, 심각한 고통에 안색이 하얗게 질렸지만 그는 용케도 이를 악물어 지금까지 버티고 있었다.

"네, 네놈이……!"

"주둥아리 닥아라. 네놈의 입에서 나오는 소리를 들을 때마다 머리가 쑤셔. 조용히, 그리고 고통스럽게 죽어라."

전의를 완전히 상실한 호일석에게 진조월의 존재는 재앙에 다름이 아니었다.

진조월의 손이 호일석의 얼굴을 덮었다.

"으아아!"

끔찍한 비명이 터져 나왔다.

사람이라면 봐선 안 될 광경이었다.

제영정과 여설옥은 차마 진조월을 말리지도 못한 채 고개를 돌려 버렸다. 보기만 해도 주저앉을 것만 같은 공포심 때문이었다.

이각이 넘어서는 시간 동안 무자비한 고문을 감행한 진조월은 이내 가볍게 한숨을 쉬었다.

그의 발아래에서 나뒹구는 호일석의 시신은, 살아

있을 적 사람의 모습을 도통 찾을 수가 없었다. 살덩이와 피로 만들어진 구체나 다름이 없었다.

생명체였던 존재를 푸줏간 고기처럼 잘게 다져 버린 진조월은 이전보다 더 생기가 도는 모습이었다.

감정이 격해져 흰자위에 실핏줄이 툭툭 불거졌지만, 그의 감정과 다르게 군림마황진기는 차근차근 몸을 수복했던 것이다.

제영정은 입술을 깨물었다.

"진 사형. 진 사형이 어떤 고통을 당했는지 모르겠지만 이건 아닌 것 같습니다. 이건…… 이건 너무 끔찍한……!"

"조용."

동굴 속에서 으르렁대는 맹수의 목소리였다.

제영정은 자신도 모르게 입을 다물었다. 지금 진조월을 건드리면 안 된다는 것을 본능적으로 깨달은 것이다.

진조월은 고개를 휙휙 저었다.

명완석에 이어 천하의 원수인 호일석까지 만났다.

더군다나 반나절도 안 되어서 무수한 피를 손에 묻혀서 그런지 살기가 이전보다 훨씬 강해진 느낌이었다.

머릿속에서 누군가가 달콤하게 속삭이는 듯했다.

'더, 조금 더.'

가슴 속에 단단히 틀어박힌 광야종까지 꿈틀거렸다. 어떻게든 잡아는 두었지만, 살기가 짙어질수록 거칠게 날뛰려 한다.

그는 눈을 감고 가만히 호흡을 가다듬었다. 그러자 어느 정도 머리가 맑아진 느낌이었다.

"가자. 갈 길이 멀다."

비록 뼈가 드러날 정도로 깊은 상처는 없다지만, 그래도 피륙을 많이 베였고, 피도 제법 흘린 진조월이었다.

과다한 내공의 운용으로 내상도 있었지만 그의 걸음은 흔들림이 없었다.

제영정과 여설옥은 가볍게 한숨을 쉬며 그의 뒤를 따랐다.

지금은 그를 따르는 것이 먼저였다. 이후에 할 이야기는 참으로 많을 것이다.

그렇게 얼마나 내려왔을까.

진조월은 눈을 빛냈고 제영정과 여설옥 역시 주먹을 가만히 쥐었다.

전면에서 느껴지는 놀라우리만치 많은 기세들. 굳이 숨기려 하지 않는 기세들이 거세게 대지를 내리누르고 있었다.

한데 살기는 물론이거니와 투기조차 없었다.

살짝 머뭇했지만 진조월은 여전히, 흔들림 없는 걸음으로 헤쳐 나갔고, 그의 뒤를 따르는 두 사제는 긴장하며 걸었다.

그리고 나타난, 넓지도 좁지도 않은 개활지에서.

이백여 명에 달하는 무수한 궁수들이 진조월과 제영정, 여설옥을 반겼다.

6. 야차재림(夜叉再臨)(3)

저 멀리서 기이한 소성이 들려왔다.

맹금의 날갯짓이라 생각하기에는 너무나 경쾌하고, 전서구(傳書鳩)의 날갯짓이라 생각하기에는 사뭇 강렬하다. 그렇게 점으로 보였던 뭔가는 순식간에 대지로 내리꽂혀 담사운의 팔뚝에 앉았다.

강철과도 같은 부리. 강철과도 같은 발톱.

평범한 매보다 조금은 더 큰 체구에 황금빛 깃털이 인상적인 매였다.

영물 천리신응(千里神鷹)과 함께 창공의 제왕 자리를 다투는 또 다른 영물, 금연신응(金蓮神鷹)이었다.

그는 금연신응의 발목에 매달린 쪽지를 풀면서도 저 너머를 바라보았다.

자그마한 정자에는 모용광과 황철성이 대화를 하고 있었다.

황철성의 얼굴은 제법 볼 만했다.

그렇지 않아도 부리부리한 눈은 더욱 크게 뜨이고 굳게 닫힌 입이 쩍 벌려 있었다. 누가 봐도 굉장히 놀란 모습이었다.

그럴 만도 하지.

담사운은 한숨을 쉬며 쪽지의 내용을 확인했다.

그가 쪽지를 확인하고 있을 때 황철성은 그 커다란 손으로 술상을 내려쳤다.

제법 맛깔나게 차려진 안주거리가 부르르 떨리고 술잔이 깨질듯 위태롭게 흔들렸지만 모용광의 표정에는 변함이 없었다.

"지금…… 그 말을 나보고 믿으라는 거요?"

"그렇습니다."

"말도 안 되는 소리!"

"적어도 저는 이런 시시한 농담 따먹기나 하자고 바쁘신 분을 부르는 취미 따위 없습니다."

틀린 말은 아니었다.

하지만 황철성의 얼굴은 이미 붉게 달아올라 있었다.

여포의 재래라 하지만 지금의 모습은 가히 폭발하는 장비와 닮았다.

"대공자! 지금 대공자가 하는 말은 불충 중에 불충이오! 어찌 제자가 된 몸으로 스승을 향해 그리 고약한 언사를 내뱉을 수 있단 말이오?"

"고약한 언사가 아니라, 현실이고 사실입니다. 이것을 알아내는 데에 제법 많은 시간이 걸렸지요."

모용광은 시종일관 담담했다.

그 담담한 모습이 스스로가 진실을 말하고 있음을 알려 주고 있었다.

그래서 황철성은 더욱 화가 났다.

"내, 비록 창이나 휘두르는 무부에 불과하나, 사람 보는 눈은 있다고 자부했소! 내, 성주님의 신에 이른 무력에 반하여 철혈성에 들어온 줄 아시오? 나는 그분의 무력을 보고 인품을 보았소! 절대로 그럴 일을 하실 분이 아니오!"

"그럼 사람 보는 눈이 좋으신 총조장님께서 보시는 전 어떻습니까?"

모용광의 눈동자의 은은한 위엄이 어렸다.

철혈성주가 없다면 이미 철혈성의 주인이라고도 할 수 있는 후계자, 그 더할 나위 없는 강인함이 부드러운 분위기 속으로 녹아들었다.

"제가 심심하여 스승을 성토하고, 할 일이 없어 총조장님을 부르는 대책 없는 망나니로 보이십니까?"

황철성은 입이 턱 막히는 걸 느꼈다.

그렇다.

어렸을 때부터 봐 왔던 모용광이라는 사내는 결코 그냥저냥 이런 말을 내뱉을 위인이 아니었다.

어쩔 때는 대가 약해 보이나, 그것은 신중함으로 평가가 되어야지 소심하다고 평가될 수 없는 진득함이었다.

적어도 철혈성 내에서 가장 정의롭고 진실 된 자를 꼽으라면 다섯 손가락 안에 꼭 들어갈 수 있는 사람이 모용광임을, 황철성이라고 모르지 않았다.

그래도 내용 자체가 지나치게 믿기 힘들었다.

"철혈성이…… 미끼에 불과하다고?"

"그렇습니다."

"그럴 리가…… 전대 성주께서 초대 황제와 함께 궐

기하여 각기 관과 무림을 평정하셨고, 그렇게 태어난 것이 철혈성이오! 이 나라가 세워질 때 함께 일어난 세력이 철혈성이라는 거요! 한데……!"

"전대 성주님, 즉, 제 사백께서 어찌 그리 빠르게 성주의 직위를 버리고 은거를 하셨는지 아십니까?"

황철성의 눈에 핏줄이 섰다.

"그것도 현 성주님의 짓이란 거요?!"

"정확히 말씀드리자면, 은거가 아니라 살해를 당하신 것입니다."

청천벽력과도 같은 소리였다.

황철성은 허, 하는 한숨을 쉬었다. 이제는 열을 낼 힘조차 없었다.

강호 무림이라는 곳이 녹록치 않은 곳임을 그라고 모를 리가 없었다.

흑익여포라는 명성을 날리기까지 그가 겪은 길은 가시밭. 단순히 무력으로만 해결이 되지 않는 어둠의 대지가 무림이 아니던가.

귀계가 난무하고 술수가 판을 친다.

안개처럼 스며든 음모의 숨결은 때가 되면 해일이 되어 수많은 사람들을 덮친다.

그 거칠고 살벌한 곳에서 강자 중에 강자라고 불렸던 사람이 황철성이었다.

음모는 생각지도 못한 곳에서, 파악할 필요조차 없는 구석에서 피어오르는 독버섯과 같았다.

하지만 자신이 평생 모시리라 다짐했던 철혈성주가 이렇게도 섬뜩한 계책을 세웠으리라고는 상상도 하지 못했던 그였다.

이것은 계책이니 섬뜩하니를 떠나서 사람이 할 짓이 아니었다.

황철성의 눈이 칙칙하게 가라앉았다.

모용광은 본능적으로 깨달았다.

지금 황철성의 놀라움이 극에 달하여 오히려 냉정함을 되찾았다는 것을.

"나는 내 눈을 믿소. 주군이 나를 고르고, 내가 주군을 골랐소. 나의 주군은 성주님이오. 나는 성주님을 믿소."

모용광이 한숨을 쉬었다.

"내 총조장님의 마음이 불변하리라는 것을 예상은 했지만……."

"하나."

노고수의 얼굴이 일그러진다.

"나는 내 눈을 믿어 성주를 믿는 만큼, 대공자 역시 믿소. 대공자가 이전에 말했던 바와 같이 허투루 이런 불경한 말을 내뱉을 위인이 아니라는 것을 나는 잘 아오. 그러니."

두툼한 그의 손이 꾹 쥐어졌다.

부르르 떨리는 주먹은 당장이라도 하늘을 향해 질러질 것만 같았다.

"증거를 보여 주시오."

"……."

"심증만으로는 부족하오. 결정적인 물증을 내 두 눈으로 똑똑히 봐야겠소."

일리가 있는 말이다.

아무리 모용광을 믿는다 어쩐다 해도 증거가 없다면 말짱 도루묵이다.

모용광이라고 그것을 모를 리가 없었다.

그는 가볍게 한숨을 쉬었다. 그리고 다시 고개를 들어 눈을 뜰 때, 모용광의 눈동자는 찬연한 위엄으로 가득하였다.

그 설명하기 어려운 위압감에 황철성은 온몸에 털이

곤두서는 것을 느꼈다.

"혹 총조장님께서는 흡정무한대법(吸精無限大法)이라는 걸 아십니까?"

"흡정무한대법이라? 모르오. 한데 들어보니 바른 공부는 아니라는 생각이 드는데."

모용광은 품에서 작은 서책 하나를 꺼내 들었다.

일반 서책보다 크기도 작고 얇은 책이었는데 그 안에 담긴 글자들의 크기는 깨알과도 같았다. 아무리 눈이 좋은 사람이라도 읽기가 거의 불가능할 정도였다.

"이걸 보시지요."

황철성은 서책을 받았다. 손으로 만지기만 해도 불길한 뭔가가 있는 서책이었다.

서책의 겉면에는 섬뜩한 붉은 글씨로 '흡정무한'이라는 네 개의 글자가 쓰여 있었다.

그는 안력을 집중하여 서책을 읽어 갔다. 평범한 사람이라면 읽지도 못할 크기의 글자지만 내공의 고수인 황철성에게는 아무런 무리가 없었다.

이윽고 그의 눈이 찢어질듯 커졌다.

"이, 이게……!"

"어떻습니까?"

"이런 사악무도한 대법이 있었단 말인가!"

황철성 정도로 드높은 무학의 경지를 구축한 사람이라면 무공의 구결을 듣고 법문만 읽어도 이것이 어떤 무공인지, 어떻게 운용이 되는지, 가능한지 불가능한지까지의 여부를 모조리 파악할 수 있다.

실로 황당무계하지만, 이건 가능하다.

황철성은 그렇게 생각했다.

모용광은 가만히 자신의 웃옷을 벗었다.

갑작스러운 상황에 황철성은 다시 놀랐지만 모용광의 표정은 담담하기만 했다.

큼직하고 매끈한 근육들로 만들어진 상체가 나타났다.

무인의 몸에도 완벽함이라는 게 있다면, 모용광의 몸이 실로 완벽하다고 할 수 있을 것이다. 그의 몸은 남자가 보아도 반할 정도로 대단했다.

하지만 황철성의 눈은 모용광의 근육을 볼 새가 없었다.

그의 눈은 정확하게 황철성의 배꼽 바로 아래, 단전보다 살짝 윗부분을 향했다.

일반인이 볼 수 없을 정도로 작은 점이 있었다.

한데 그 점의 색깔이 피처럼 붉다. 개미 눈알만큼 작았지만 황철성의 안력으로 보기에 충분했다.

"읽어 보셔서 아시겠지만 이것이 증거입니다."

"……!"

"저는…… 이미 당했습니다. 아마 때가 되면 거부할 수 없는 부름에 이끌려 모든 것을 빼앗기게 될 겁니다."

모용광의 눈에 슬픈 기색이 떠올랐다.

"순도 높은 기를 담아낼수록 점의 형태는 뚜렷해집니다. 그래서 아직까지 저나 담 사제를 제외한 다른 사제들의 몸에는 징후가 나타나지도 않았지요. 오히려 다행이라고 할 수 있겠으나, 문제는 이 대법을 푸는 방법 자체를 모른다는 겁니다."

황철성의 눈동자에 불신의 기색이 역력하다.

"서, 설마 정말로 성주님이……!"

"저를 비롯한 모든 사제들은 이미 스승님께 거두어진 그 순간부터 재물에 다름이 아니었습니다. 그리고 그것은 비단 우리 사형제들만의 문제는 아니지요."

굳이 뒷말을 하지 않아도 황철성은 그가 하고 싶은 말을 알았다.

성주는 제자들을 재물로 계획을 세웠으며, 철혈성조차 우습게 내던질 정도로, 그 옛날부터 계획을 차근차근 준비하고 있었던 것이다.

모용광은 다시 옷을 추려 입고는 하늘을 쳐다보았다.

한 송이, 한 송이 내리는 눈. 아름답기 짝이 없는 광경.

그러나 이 아름다운 눈송이들을 뿌리는 하늘 자체는 정작 어둡기만 하다.

암운이 드리워지고 있다.

황철성은 아무런 말도 하지 않고 자신의 술잔만 바라보았다.

생각을 정리하는 것인지 충격에서 헤어 나오지 못하는 것인지 분간하기가 어려웠다. 모용광 역시 하늘만 바라보며 연신 한숨을 쉬었다.

그때였다.

급박한 얼굴로 뛰어오는 담사운 때문에 모용광과 황철성의 고개가 돌아갔다.

"무슨 일인가, 사제?"

"큰일 났습니다! 금연신응으로 연락이 왔는데……!"

모용광의 얼굴이 굳어졌다.

담사운이 침을 한 번 삼키고는 재차 말했다.

"양의(兩義)가 활동을 시작했답니다."

황철성이 고개를 갸웃거렸다.

"양의? 양의라니? 그게 누구요?"

"스승님의 보이지 않는 그림자, 오른팔입니다."

모용광이 입술을 깨물었다.

"최악의 배덕자이기도 하지요."

*　　*　　*

단기중은 빠르게 자신의 어깨에 앉은 매의 다리를 매만졌다. 매의 다리에는 하나의 작은 서신이 곱게 매여 있었다.

서신을 편 그의 얼굴에 작은 안도가 배였다.

"가연이가 성공을 했구나."

사혼혈검 진사유의 죽음.

살왕이라는 살벌한 별호로 불리는 임가연이 암살에 성공을 한 것이다.

생각보다 훨씬 빠르게 이동했고 훨씬 빠르게 암살에 성공하였다. 아직 호광 북부에 도달조차 못했으리라 생각했는데 많이 무리했던 모양이다.

'일차적으로 일은 마무리되었다. 이제 백 선배님과 당 선배만 오면 빠르게 판을 다시 짜야만 한다.'

그는 저 멀리 남쪽을 바라보았다.

서호가 있는 방향이지만 그는 그 너머를 바라보았다.

가슴속에서 한 명의 남자가 그려진다.

날카로운 눈매, 오뚝 솟은 코에 좌측 볼에는 일자형의 검상이 새겨진 사내였다. 얼음장처럼 차가운 표정으로 건방진 말투만 툭툭 내뱉는 녀석.

'이놈. 네놈의 실력이라면 반드시 살아서 돌아오리라 믿겠다.'

오왕이라 불릴 정도라면 능히 그 정도는 해결할 수 있을 것이다.

게다가 지원군으로 신의건까지 가지 않았는가. 무력에서 도움을 못 주더라도 그의 지혜는 분명 비범한 데가 있을 터.

그렇게 두 시진이 지난 이후.

마침내 단기중의 앞으로 백성곡과 당무환이 도착하였다.

"하고자 하셨던 일은 잘 마치셨습니까?"

"음, 잘 마무리되었다. 한데 네 표정이 좋지가 않구나. 혹 무슨 변괴라도 생긴 것이냐?"

단기중은 빠르고 정확하게 지난 일들을 두 사람에게 설명했다.

설명을 들은 당무환은 가만히 주먹을 쥐었고 백성곡의 표정 역시 침중해졌다.

"오왕이 많이 위험하겠군."

"신의건이라는 그 녀석, 자처해서 간다기에 일단은 보냈습니다. 믿음직하긴 한데, 그래도 불안한 건 어쩔 수 없군요."

당무환의 눈동자에 불이 붙었다.

"변수가 많긴 하지만 오왕은 살아서 돌아올 수 있을 것이다. 그의 실력을 보았고 경험을 안다. 최악의 일은 벌어지지 않을 거라 생각한다."

물론 세상 일이 그렇게 뜻대로 편히 돌아가지 않는다는 것을 당무환도 알고 백성곡도 알며 단기중도 안다.

그렇지만 당무환은 거의 확신하고 있었다.

단전이 파괴되어 죽음 직전까지 갔던 그때에도, 비록 전대 오왕의 도움이 있었다고 하나 기적적으로 살아남은 사내가 아니던가.

결코 단명할 상도 아니었다.

그러나 도움의 손길은 필요하리라.

단기중이 눈썹을 모았다.

"생각 같아서는 제가 직접 가고 싶었지만, 접점이 무너질까 두려워 움직이지 않았습니다."

백성곡은 고개를 끄덕였다.

"네 판단이 옳았다. 지금 네가 움직였다면 혹시나 모를 사태에 각개격파를 당할 가능성도 있다. 항상 냉정하게 사태를 바라보는 것은 당연한 일이다."

말을 하면서도 백성곡 역시 마음이 좋지 않은 모양이다.

항상 진중한 성격과 웃으면서 사람을 대했던 그의 모습을 찾아보기가 어려웠다.

"그렇다면, 어떻게 합니까? 지금이라도 오왕을 돕기 위해 갑니까?"

당무환은 당연한 것 아니냐는 듯 고개를 끄덕였다.

당장이라도 일어나 출발할 태세였다.

그러나 백성곡은 손짓으로 당무환의 움직임을 막았다.

"잠시만 내 생각할 시간을 주게."

"백 선배님. 생각하고 자시고 할 게 무엇입니까? 동료가 위험에 빠졌습니다. 물론 오왕을 믿지만, 보니 철혈성에서도 많은 준비를 한 모양인데 혹시나 모를 사태가 벌어질 수 있습니다."

"당 후배의 마음을 모르는 바 아니네. 하지만 날 믿고 잠시만 기다려 주시게."

백성곡이 이런 말을 할 때는 필경 상상도 못할 일이 벌어지곤 했다는 걸 당무환도 단기중도 잘 알고 있었다.

둘은 초조함을 감춘 채 백성곡의 생각이 정리되기를 기다렸다.

백성곡은 골똘히 생각했다.

'정보가 샌 것인가? 그럴 가능성을 아주 배제하지는 못하지만, 가능성 자체만 따져 보았을 때 거의 없다고 할 수 있다. 하면 철혈성은 어찌 오왕의 행보를 알 수 있었을꼬? 정녕 명완석이라는 아이를 미끼로 던진 것인가? 그렇다면 설명은 되지만, 명완석 정도라면 철혈성에서도 절대 함부로 내보이지 않을 패가 아닌가. 단순한 무력이 아니라 독인이자 의원이기도 한 그의 능력은 던질 패로 쓸 만한 것이 아니다. 그럼에도 기다렸다는 듯이 천라지망을 펼치기 위해 각 지부의 무인들을 급파했다…….'

그의 머리가 맹렬하게 회전했다.

'절강은 물론 안휘와 강서, 복건지부까지 총동원했어. 아예 나아갈 길을 원천봉쇄하겠다는 뜻이 명확하게 담겨 있는 행동들이었다. 당연히 이리될 줄 알았다는 듯이……. 아니면 혹시나 모를 대비책으로 이런 과한 준비를 한 것인가? 우리가 모르는 오왕의 비밀이 있는 건가? 그 비밀이라는 것이 이토록 심각하게 그를 잡아야 할 정도로 대단한 걸까? 만약 그렇다면 그 비밀이라는 것이 무엇일까? 아니다. 그것은 지금 중요한 것이 아니지. 일단 대국을 보자. 가연이가 검림맹의 맹주를 암살하는 데에 성공했고, 그들의 시선은 조금이나마 은마당을 쫓을 것이다. 게다가 네 개의 성에서 전력을 차출하느라 철혈성의 정보력과 시선이 급격하게 줄어들었어.'

백성곡의 눈동자가 반짝였다.

"호재로군."

"예? 무슨 말씀이신지?"

"호재다. 우리가 북진할 수 있는."

"정확하게 말씀해 주십시오. 무엇이 북진이고 무엇이……?"

"가연이가 검림맹의 맹주를 암살하였다. 검림맹은 우두머리 다툼으로 어지러워지겠지. 시선이 분산된 것이다. 거기에 절강은 물론 안휘, 강서, 복건의 병력들을 죄다 동원하느라 특히 강남에 있어 철혈성의 힘과 시선은 급격하게 줄어들었을 터. 우리가 조용하게 북진할 수 있는 기회라는 것이다."

당무환은 고개를 갸웃거리다가 이내 입을 쩍 벌렸다.

"백 선배의 말씀은…… 우리가 지금 당장 철혈성의 턱밑으로 파고들자는 뜻입니까?"

"그러하네. 호재도 이런 호재가 없어. 검림맹은 권력 다툼이 시작될 것이고, 절강을 둘러싼 세 개의 성에서도 빠진 전력을 메우기 위해 상당히 다급할 것이다. 한순간 철혈성의 시선이 절강으로만 좁혀지게 되었다는 뜻이지. 모든 정보력이 차단된 상태에서 우리는 누구보다 빠르게 북진할 수 있는 기회를 잡은 게야."

냉정한 판단력이었다.

깊게 생각한다면 누구라도 알아챌 수 있었으나, 그

깊게 생각하는 것 자체가 어려운 상황이었다.

급박한 사태를 맞이하여 이런 전략을 세울 수 있다는 것만으로도 백성곡은 능히 노련한 노강호의 모습을 보여 주고 있다고 할 수 있겠다.

백성곡의 눈동자가 더욱 빛났다.

"이번 전쟁, 빠르게 끝장낸다. 철혈성주라는 우두머리를 한 번에 잡을 수 있는 기회다."

당무환이 약간 당혹스러운 표정으로 말했다.

"하면 오왕은 어찌 되는 것입니까?"

백성곡은 입을 꾹 다물었고 단기중 역시 두 주먹을 움켜쥐었다.

당무환과 단기중은 백성곡의 표정을 보며, 이미 어떤 대답이 나올지 깨달았다.

"백 선배, 이것은 너무 냉혹한 처사입니다. 물론 오왕을 믿지만 그렇다고 철혈성의 공격 역시 가볍지가 않을 것입니다. 혹시라도……."

"무인은 매순간 죽음의 경계에 서야 하며, 무림에 나서는 순간 어떠한 위기라도 맞이할 준비가 되어야 하지. 그건 자네도 알고 나도 알고 다른 동료들도 알고 있는 바네. 그저 오왕을 믿으세. 지금은 그게 최선이야."

"하지만 충분히 도움을 줄 수 있는 상황입니다. 이런 것이 동료가 아니고 무엇이겠습니까? 동료의 위험을 보고도 모른 체한다는 것은……."

"충분히 도움을 줄 수 있는 상황이 아닐세. 비록 내 대단한 사람은 아니라지만 우리는 대의(大義)라는 명분을 두고 모인 칠왕종의 후인들이네. 역사상 철혈성주의 야망처럼 미친 야망을 품은 이가 얼마나 있었는가? 심지어 철혈성주는 제 야망을 성공시키기 직전에 도달해 있어. 빠르게 종결짓지 않는다면 다른 많은 민초들이 고통에 시달리게 될 것이고, 아무런 죄도 없는 사람들이 억울한 죽음을 당하게 될 것이네. 대국을 바라보고 우리가 지금 또다시 이곳에 모인 이유를 명확하게 인지하게나. 잊지 말게. 우리는 피를 나눈 혈육보다 더한 동료지간이지만, 철혈성주의 야망을 저지하기 위해 태어난 협사회(俠士會)의 일원이기도 하네. 나나 자네라 해도 지금 오왕의 입장이었다면 도움의 손길을 받아 내려 하지 않았을 것이야."

당무환은 입을 꾹 다물었다.

무언가 더 하고 싶은 말이 많았으나 그것은 결국 백성곡의 마음만 심란하게 만드는 꼴이 됨을 알았던 것이다.

백성곡이라고 편할까.

동료의 희생을 발판 삼아 철혈성주의 목에 비수를 꽂는 것, 결과물로 봤을 때야 아름다울 수 있지만 너무나도 위험하고 안타까운 작전이었다.

그러나 그 결과를 위해 달려가야 하는 것이 칠왕들의 최종 목적이기도 했다.

백성곡이 한숨을 쉬었다.

"오왕을 믿으세, 믿어야만 하네. 우리가 목적지에 도달하게 되었을 때 오왕에게 천리신응을 보내세."

*　　　*　　　*

진조월은 이백여 명의 궁수들 사이에서 홀로 강렬한 존재감을 발산하는 이에게 시선을 집중했다.

중년의 나이가 무색할 만큼 당당한 체구. 등에는 자신의 몸체만 한 거대한 활을 메었다.

두 눈은 노련함과 정백함으로 빛났고 허리춤에는 커다란 화살통이 달랑이고 있었다.

그곳에는 굵고 기다란 화살, 얇고 짧은 화살, 얇고

긴 화살 등등 다양한 종류의 화살이 빽빽하게 꽂혀 있었다.

설령 한 번 본 적이 없다 하더라도 무림인이라면 알 수 있는 외관이었다.

공공연하게 천하에서 가장 궁술이 뛰어나다는 찬사를 받는 이.

화살을 날리면 벼락처럼 빠르고 강하다고 하여 벽력신궁(霹靂神弓)이라는 별호로 불리는 이.

현재 철혈성의 등천용궁대의 대주를 맡고 있는 고수 중에 고수.

정이량이었다.

그의 양옆으로 각기 백 명의 고수들이 열을 맞추어 서 있었는데, 정확하게 남자와 여자로 구분이 되어 있었다.

남자들은 화살통에 길고 두꺼운 화살을 담고 있었고 여자들은 짧고 얇은 화살, 짧고 긴 화살 등을 담고 있었다.

제영정은 입술을 질겅질겅 씹었다.

"등천용궁대까지……."

앞서 나타났던 묵염창기대나 혈영검단과는 또 다른

어려움을 자랑하는 집단이었다.

아니, 어떻게 보면 강호 전체를 뒤져 봐도 가장 까다로운 상대가 될 수 있는 부대가 바로 등천용궁대였다.

한 명, 한 명의 신법이 강호에서 정상을 달리는 수준이었고, 설령 화살이 없어도 나뭇가지나 기를 운용하여 쏘아 낼 수 있는, 극한에 다다른 궁술 고수들의 집단.

특히나 정이량은 젊었을 적, 화살 한 대를 쏘아 보내 날아가는 새 열 마리의 가슴을 정확하게 관통시켜 궁신(弓神)이라는 별호로도 불린 적 있었다.

그가 마음먹고 화살을 날리면 강철로 만든 철구(鐵求)조차 깔끔하게 뚫어 버린다고 하였다.

앞서 나타났던 이들과는 차원을 달리하는 무력을 행사하는 이들.

혈영검단과는 다른 의미에서 섬멸만을 위해 돌진하는 무적의 궁술부대였다.

제영정과 여설옥이 지극히 긴장하여 각기 병장기에 손을 대고 있을 때.

진조월은 먼저 앞으로 나서 입을 열었다.

"오랜만이오, 정 대주."

삼 년의 시간을 보낸 이후 강호로 나오면서 진조월이 상대를 존중해 먼저 인사를 건넨 적은 거의 처음이라 할 수 있었다.

제영정과 여설옥이 놀란 눈으로 진조월의 등을 바라보았다.

지금껏 그들이 보았던 진조월의 모습이 아니었던 것이다.

하지만 그의 표정은 조금의 미동도 없었다.

정이량은 깊은 눈으로 진조월을 바라보다가 천천히 고개를 숙였다.

"등천용궁대의 대주 정이량이 진 공자님을 뵙습니다."

사문의 패륜아에게 건네는 예가 아니었다.

제영정은 당황했고 여설옥은 그 와중에 한 가지 사실을 알 수 있었다.

'이들은 아직 싸울 생각이 없구나.'

만약 작정하고 죽이려 했다면 이미 보이지 않는 곳에서 수많은 화살 세례를 맞았을 것이다.

죽일 상대를 예우하며 개활지에서 기다려 줄 정도로 등천용궁대는 어리석은 전투 집단이 아니었다.

진조월은 고개를 끄덕이며 말했다.

"한 점의 살기도, 투기도 존재하지 않은 채 시위에 화살조차 걸지 않았다는 것은 무슨 의미인지 모르겠소."

정이량은 잠시 뜸을 들였다가 저 멀리로 손짓했다.

그러자 끝에 서 있던 두 명의 대원들이 기다란 나무 탁자와 의자 두 개를 구해 왔다.

"잠시 공자님과 이야기를 나누고 싶습니다."

"재미있는 이야기가 될 것 같지는 않군."

"어떤 이야기에 따라서 다르겠지요. 그저 난 묻고 싶은 것이 많을 뿐이고, 공자님 역시 묻고 싶은 것이 있으시다면 서슴없이 물어보시면 됩니다. 거친 싸움은 뒤로 제치고, 말 그대로 대화를 하자는 것입니다."

이런 상황에서 대화라니, 참 알 수 없는 작자라고 제영정은 생각했다.

하지만 진조월도 가만히 있고, 정이량 역시 철혈성 내에서 명망이 높은 고수이기에 그는 잠자코 있었다.

진조월은 천천히 정이량의 앞에 다가가 의자에 앉았다. 그리고 그 뒤로 제영정과 여설옥이 섰다.

정이량이 웃으며 그들에게도 인사를 건넨다.

"제 공자님과 여 공녀님에게도 인사드립니다. 인사가 늦은 점 죄송합니다."

상황만으로 보자면 적이 될 수도 있는 이였다.

제영정과 여설옥은 당황했지만 그저 고개를 숙이며 답할 뿐이었다.

그렇게 진조월과 정이량은 마주 보고 앉았다.

제영정은 손에 땀이 나는 걸 느꼈다.

대화를 하는 자리지만 혹 수틀리면 바로 전투가 벌어질 수도 있는 자리였다. 더군다나 양쪽으로 넓게 퍼진 등천용궁대의 대원들이 일제히 사격을 가한다면 진조월은 몰라도, 자신이나 여설옥은 살아남지 못하리라.

정이량은 진조월의 몸을 보며 침음했다.

"많이 다치셨군요."

"손속을 겨눈 자들이 제법 험하더이다. 아직은 살 만하오."

"본성에서도 살귀로 이름이 높은 이들이었습니다. 오히려 그들을 단신으로 격파한 진 공자님의 무위가 놀라울 뿐입니다. 이미 종사(宗師)의 반열에 오르셨더군요."

진심이 담긴 목소리였다.

진조월은 고개를 저었다.

"아직 부족하외다."

"진 공자님의 나이가 이제 서른입니다. 그 나이에 홀로 혈영검단을 정면에서 격파했다는 것은 가히 전무후무한 일이라 할 수 있지요. 이러다 십 년 안에 천하제일인(天下第一人)이 되실 듯합니다."

"살아남아야 천하제일인도 해 먹을 수 있는 것 아니겠소?"

나름 뼈가 있는 말이었다.

되레 말을 꺼낸 정이량이 무안해질 정도였다.

정이량의 바로 옆에서 진조월을 바라보는 이화영의 눈썹이 살짝 떨렸다.

멀리서 볼 때도 그렇지만, 가까이서 보니 확실하게 알겠다.

'너무나도 달라지셨다.'

외모도 그러했고 특히나 기질이 그러했다.

더하여 도저히 마주할 수 없을 정도로 차가워진 눈동자는 이전의 진조월과 너무나도 달랐다. 온몸에 피를 뒤집어쓴 모습이 그야말로 사람의 모습을 한 악귀와 다름이 없지 않은가.

이화영의 추억 속에서 웃었던 진조월은 결코 피가 어울리지 않는 남자였다.

"그간 많은 일이 있으셨던 모양입니다."

"사람이 살면서 이런저런 일을 제법 겪는다 합디다."

"그렇지요. 하지만 이런저런 일이 평범하지 않다면 그것은 고약한 냄새를 풍기게 되는 것 아니겠습니까."

정이량의 눈에 한순간 강렬한 광채가 피어올랐다.

"몇 년 만에 뵈어 이런 상황이 되어 참으로 유감입니다."

"정 대주라면, 나 또한 유감이오."

"단도직입적으로 말씀드리겠습니다. 이미 알고 계시겠지만 본 성에서 진 공자님에 대한 신병을 억류하라는 대대적인 명이 내려졌습니다. 거칠게 반항하여 손을 쓰기 어렵다면 참살해도 무방하다는, 참으로 흉험한 명이었지요."

알고는 있지만 직접 들으니 느낌부터가 다르다.

제영정과 여설옥의 얼굴이 한없이 굳어졌다. 하지만 역시나 진조월의 표정은 변함이 없었다.

"알고 있소. 이 상황에서 모르는 게 이상한 거 아니

겠소.”

알았다 해도 이렇게 멀쩡한 얼굴로 대답할 만한 내용은 아니었다.

정이량은 진조월의 정력에 감탄했지만 그것을 굳이 표현하지는 않았다.

“성주님의 직접적인 명이었으니 당연히 그것은 이행되어야 마땅할 일이었습니다. 적어도 저희에게는 그렇습니다. 한데 이곳에 도달하기 전, 대공자님께서 의미심장한 말씀을 하시더군요.”

진조월의 눈이 처음으로 칙칙하게 가라앉았다.

대공자, 모용광을 뜻하는 것이리라.

‘큰형님…….’

정이량의 말이 이어졌다.

“‘보이지 않는 곳에서 무수한 변화가 있었다. 삼사제는 결코 그럴 사람이 아니니 잘 바라보고 판단해 주길 바란다.’라고 하셨습니다. 처음에는 그것이 무슨 뜻인지 몰라 당황했습니다. 혹 사형제의 정 때문에 사태를 냉정하게 바라보지 못하시는 것이 아닐까 생각하기도 했지요.”

진조월은 흔들림 없는 표정으로 정이량을 바라보았다.

그러나 가슴이 묘하게 진탕이 되는 것은 어쩔 수 없었다.

모용광은 끝까지 자신을 믿고 있었던 것이다.

아직 어린 제영정과 여설옥과는 달리, 모용광만큼은 자신을 그렇게 믿고 있었다. 누구라도 패륜아라 손가락질할 만큼 많은 증거들이 속속들이 나오는 상황에서도 그는 자신을 믿어 주었다.

말할 수 없는 진한 감정이 진조월의 몸을 꽉 채웠다.

"하지만 대공자님이 공과 사를 구분하지 못할 분은 아닙니다. 더불어 뒤에 계신 제 공자님이나 여 공녀님 역시, 아직 경험이 부족하다 하나 함부로 판단을 내려 스승과 사형제를 배신한 배덕자와 동행할 만큼 섣부른 분들도 아니지요. 막상 이곳에 도착하고 진 공자님이 전투를 시작할 때 저는 당황했습니다. 대공자님의 말씀대로, 너무도 많은 변화가 있었습니다."

그는 나직이 한숨을 쉬었다.

"진 공자님께서는 상상하지도 못할 만큼 변하셨고, 진 공자님의 뒤를 제 공자님과 여 공녀님이 확실하게 따르고 있더군요."

"이미 알고 있었던 상황 아니었소?"

"알고 있는 것과 보고 분위기를 읽어 내 깨닫는 것은 많은 차이가 있다는 걸…… 진 공자님도 아시지 않습니까? 그때 저는 당황했습니다. 분명 제가 모르는 뭔가가 있다고 생각했습니다. 직감이라고도 할 수 있겠지요."

정이량은 한차례 입술을 달싹이다가 가만히 침묵했다.

그러나 그의 침묵은 길지 않았다.

"뭔가가 있습니다. 저는 물론 철혈성에 거한 무인들 대부분이 모르는 뭔가가 분명 있습니다. 그리고 그 알 수 없는 무언가의 접점에는 진 공자님이 계시다는 게 제 생각입니다."

화살촉만큼이나 날카로운 안목이었다.

진조월은 정이량의 눈을 바라보았다.

깨끗한 눈이었다.

바른 눈이자 강인한 눈이었다.

진실과 정도(正道)를 위해서라면 설령 자신이 속한 조직이라도 등을 돌릴 만한, 완고할 정도로 기준이 엄격한 사람의 눈이 거기에 있었다.

이 사람이라면…….

동료라는 단어에 묶인 사람도 아니고 가족이라는 단어에 묶인 사람도 아니며 군신(君臣)이라는 단어에 묶인 사람도 아니지만, 그렇지만 이런 사람이라면 말해도 좋지 않을까.

실상 누구에게나 말해도 좋을 이야기였다.

오히려 이 이야기를 대륙 전역에 퍼트려서 철혈성주를 외부부터 흔들도록 만드는 것이 되레 괜찮은 방법일 수도 있다.

그러나 진조월은 그러지 않았다.

이야기를 언급하는 것조차 고통스러웠기 때문이다.

말을 하면 과거의 그때가 생각이 날 것이고, 그렇게 되면 격한 감정 때문에 내 스스로를 잊을 것 같아서 아무런 말도 하지 않았었다.

그렇지만 이제는, 과거의 일과 마주할 때가 된 모양이다.

진조월의 입이 천천히, 아주 천천히 열렸다.

*　　*　　*

집이 불타고 있었다.

멋들어진 지붕과 드넓었던 마당은 물론 그곳에서 즐겁게 뛰어놀았던 기억과 추억과 즐거움까지, 모든 것이 불타고 있었다.

엄격하지만 자그마한 미소가 멋졌던 아버지의 든든함도, 항상 자상한 미소로 자신을 대해 주었던 어머니의 안온함도, 짓궂은 농담을 자주하지만 나 아플 때 누구보다 많이 울었던 누이의 절실함도, 순하여 웃음밖에 몰랐던 막내의 귀여움도 이제는 없었다.

화마(火魔)는 바람보다도 빠르게 번졌고, 번개보다 강렬한 뜨거움으로 넘실대었다.

그 속에서 어느 것도 멀쩡해질 수 없을 것 같았다.

집과 추억이 불타는 곳에서 소년은 넋을 잃었다.

충격에 눈물조차 나오지 않았다.

아주 어린 나이였지만, 자신을 제외한 가족들 전부가 이제는 볼 수 없는 머나먼 곳으로 떠났다는 것을 인지하는 데에 무리가 없었다.

그런 소년의 옆으로 신선처럼 멋들어진 모습을 한 노인이 나타났다.

노인의 표정이 일그러졌다.

"내가 늦었단 말인가! 하늘도 무심하시지, 어찌하여 이런 일이 있을 수 있단 말인가!"

그는 안타까움이 가득한 얼굴로 소년을 바라보았다.

그때까지도 소년은 공허한 눈으로 불타오르는 집만 멍하니 바라보고 있었다.

노인이 입을 열었다.

"정아. 괜찮으냐?"

소년의 고개가 천천히 노인에게로 옮겨 갔다.

하지만 그뿐, 반응을 보인 게 전부였다. 소년에게서는 지독한 상실감과 참을 수 없는 슬픔밖에 느껴지질 않았다.

"할아버지……?"

"그래, 할아버지다. 정신을 차리거라. 내 기억이 나느냐?"

"할아버지……."

"괜찮다, 괜찮아. 할애비가 예 있느니라. 허어, 어찌 이 어린 것을 두고……."

노인은 천천히 소년의 등을 두드려 주며 말했다.

"마음을 굳건히 하거라. 너라도 살아야만 한다."

노인의 따뜻한 위로 덕분이었을까. 소년은 울먹이며

말했다.

"아버지가, 어머니가……."

"그래, 그래."

"아버지가 항상, 항상 말씀하셨어요. 남자는 울지 아니하는 것이라 했는데……. 나는 아버지 말씀을 하나도 남김 없이 잘 기억하고 지키는데……."

"맞다. 남자는 울면 아니 되지. 하나 지금은 괜찮다. 울고 싶다면 마음껏 울어라. 할애비가 있느니라."

"안 돼요. 아버지 말씀을, 나는 들어야 해요."

"그래, 그것도 좋지. 아버지의 말씀을 잘 들어야지."

노인의 눈이 따스함과 순수함으로 물들었다.

"나와 함께 가도록 하자."

"참으로 달 밝은 밤이로구나. 아픈 기억을 잊으라 하지 않겠다. 오히려 가슴에 새기고, 또 새겨 네 자양분으로 삼아야 할 것이다. 이제부터 네 이름을 아비가 건네준 성, 참 진(眞)에, 마침 달빛이 비추고 있으니 조월(照月)이라 하자."

"네 이름은 지금부터 진조월이다."

*　　*　　*

"기억하고 있느냐?"

노인의 눈동자는 따스함과 순수함, 더하여 차가움까지 품고 있었다. 도무지 하나의 단어로 정의할 수 없는 그 눈동자 속에서 기묘한 광채가 은은하게 새어 나온다.

어느 정도 성장한 소년은 침착하게 되물었다.

"무엇을 말씀이십니까?"

"네 아버지가 네게 한 말들 말이다. 남자는 울지 아니해야 하고, 여인을 성심성의껏 지켜 주어야 하며, 한 번 내뱉은 말은 반드시 지켜야 할 것이고, 일을 행함에 있어 공명정대함을 우선으로 두어라, 라는 것들 말이다."

"예, 아련하지만 기억하고 있습니다."

"허허, 잘했다. 네 아버지가 네게 했던 말들은, 남자라면 평생 안고 지켜 가야 하는 것들이지. 또한 그만큼 실천하기 어려운 것이기도 하다. 앞으로도 잘 지켜 가길 바라겠다."

"예, 스승님께서는 걱정하지 마십시오. 제자, 항상 마음에 새기고 있습니다."

"오죽 잘하겠느냐? 허허. 한데……."

노인의 입가에 가느다란 미소가 어렸다. 인자한 미소였다.

"아버지가 또 다른 말을 하지는 않더냐?"

"어떤 걸 말씀하시는지……?"

"그저 추억 삼아 하는 얘기니라. 소싯적, 내 아버지께서는 내게 많은 이야기를 해 주셨지. 지금 생각하면 참으로 어처구니없기도 하였으나, 흥미진진하고 유쾌한 이야기들이 많았느니라. 장강에서 용이 승천하여 마을 하나를 통째로 집어삼켰다느니, 패악을 부리는 용의 목을 단칼에 벤 신선이 있어 그를 검선(劍仙)이라 불렀다든지 하는 이야기들 말이다."

"아, 기억이 납니다. 저도 많은 이야기를 듣고 자랐습니다."

"허허, 그렇지. 하나하나가 모두 추억이니 잘 간직해야 할 것이다. 나 같은 경우에는, 음…… 이를 테면 이런 것도 있었지. 소원을 들어주는 묘한 구슬이 있어 그것을 얻게 된다면 가장 행복하게 살게 되리라는 이야기나 혹은……."

노인의 얼굴이 소년의 눈앞으로 훅 들어왔다.

"사방(四方)을 지키는 신(神)이 깃든 물건들이 있어 그것들을 온전히 품에 안게 된다면 천하를 손아귀에 쥐게 되리라, 라는 것들."

소년은 인자함으로 물든 노인의 눈동자가 처음으로 무섭다고 생각했다.

똑바로 마주 볼 수 없어 소년은 고개를 숙였다.

"그렇습니까?"

* * *

"허, 내 도저히 스승님의 의중을 모르겠구나. 어찌 너에게는 본신의 절학을 전수하지 아니 하시는 것인지 원."

아직 이립이 되지 않은 나이의 혈기왕성한 모습을 한 사내는 고개를 휘휘 저었다.

사내의 모습은 능히 대장부의 표본이라 불리기에 부족함이 없었다.

소년은 땀에 젖은 얼굴을 훔치며 활짝 웃었다.

"제 몸에 맞지 않는 것이겠지요. 다른 무학들을 익히는 재미도 있습니다. 세상에 하찮은 것은 없다, 라고 큰형님께서 그러셨지요?"

사내는 입맛을 쩍 다셨다.

"녀석. 기억력 하나는 참 좋구나. 네 말이 맞다. 세상에 하찮은 것은 없지. 고로 하찮은 무학도 없는 것이니라. 무엇이든 극에 이른다면 그것이 바로 중한 것 아니겠느냐? 한데 사제는 요새 어떤 무학을 익히고 있는고?"

"익히는 것까지는 아니고요……. 이런 비급을 읽고는 있습니다."

소년의 품에서 나온 책자를 살핀 사내의 얼굴이 살짝 굳어졌다.

사내는 소년의 손에서 책을 빼었다.

"사제, 이것은 조금 위험하겠어. 익히지 않는 것이 나을 거야."

"예?"

"사제도 들어서 알겠지만, 과거 마도 무리가 창건하여 세상을 흉험하게 만든 적이 있었지. 유구한 역사를 간직한 이 강호에서도 최악의 시기였다고 하더군. 이

책자 안에 들어 있는 무공은 그런 마도 무리들이 신봉하던 무학과 사상이야. 조금 더 많은 것을 배우고 깨달은 나이가 되었다면 살피는 것 정도야 문제가 되지 않겠으나, 지금 당장 함부로 빠져들기에는 사제에게 너무 위험해."

"괜찮습니다. 생각보다 재미있던 걸요?"

"어허, 그래선 안 된다니까. 안 되겠다. 내 직접 사제에게 맞는 무공을 찾아 몇 수 가르쳐 줘야겠어."

소년은 빙긋 웃으면서 사내의 뒤를 졸졸 따라다녔다.

사내의 손에 들린 책자에 적힌 글씨는 정확하게 다섯 개의 글자였는데 가히 용사비등(龍蛇飛騰)의 문체인지라 천하 명필이라 할 만했다.

그 책은 잊힌 전설의 내용을 담고 있었다.

군림마황무(君臨魔皇武).

* * *

학자풍에 다소 신경질적으로 생긴 청년은 혀를 내둘렀다.

"사제, 도대체 얼마나 공부를 한 거야? 나이가 몇이라고 벌써 주역(周易)을 달달 외웠어?"

소년이 싱긋 웃었다.

"이사형이 시간을 쪼개면서 가르쳐 주시는데 어찌 사제가 되어 열심히 하지 않을 수 있겠습니까? 어제도 밤새 외우느라 죽는 줄 알았답니다."

"허어, 사제. 문무겸비(文武兼備), 육체를 강건히 하는 무예와 삶의 나아갈 방향을 제시해 주는 지혜의 공부를 겸용하는 것은 분명 미덕이라고 할 만하지만, 과하면 아니하는 것만 못한 것이야. 지금 사제의 수준이면 같은 나이 또래에서도 비교할 대상이 없다고. 그 시간에 잠이라도 푹 자도록 해."

"나름 재미도 있던 걸요?"

"얼씨구. 이 녀석아, 네 나이에 주역이 재미있다고 하면 어쩌란 말이냐? 잔말 말고 오늘부터는 밤이 되면 반드시 침소에 들어가 누워. 이건 이사형으로서의 명령이야, 알겠어?"

"첫, 알겠어요."

"어라? 이놈 보게? 불만이란 말이냐?"

"재미있는 걸 빼앗는 분에게 불만을 품으면 안 되는

것인가요? 저 아직 어리다고요."

청년은 답답하다는 듯 가슴을 쿵쿵 쳐 댔다.

"내, 죽어라 공부하라고 야단치는 일은 많이 봤어도, 공부 그만하고 자라는 데 콧방귀 맞을 일이 생길 줄은 몰랐네. 이 녀석아, 네 나이에 늦게 자면 나중에 키도 안 커요. 알겠어? 공부가 재미있다니 다행이라면 다행이지만, 정도는 지켜야 되는 것이야. 너는 너무 과한 감이 있어. 잔말 말고, 오늘부터는 푹 자도록 해. 알겠지?"

"알겠어요."

"좋아. 오늘은 이것으로 되었으니 나랑 뒷산에 사냥이나 하러 가자. 간만에 고기나 구워 먹으면서 탱자탱자 놀아 보자고."

* * *

안색이 조금 창백하고 병색이 완연한 소녀를 바라보며 소년은 머리를 긁적였다.

사내는 너털웃음을 터트리며 소년의 등을 팡팡 쳐 댔다.

"이놈아, 뭘 그리 부끄러워하는 것이야. 앞으로 우리의 사매가 될 아이이니, 네가 잘 보살펴 주어야 해. 그렇지 않아도 부끄러움이 많은 아인데 네가 잘 대해줘야지?"

소년은 머리를 긁적이다가 이내 싱긋 웃고는 소녀에게 다가가 손을 내밀었다.

"반가워. 너의 바로 윗사형이 되는 진조월이라고 해. 네 이름은 뭐지?"

소녀는 사내의 다리 뒤로 숨어서 고개만 빼꼼 내밀어 소년을 바라보았다.

소년은 멋쩍은 듯 입맛을 다셨고, 사내는 파안대소하였다.

"푸헐. 요 녀석들이 벌써부터 아주, 응? 머리에 피도 안 마른 것들이 말이야, 응? 사매, 어서 사형에게 인사해야지?"

소녀는 약간 입술을 달싹이다가 기어 들어가는 소리로 중얼거렸다.

"……염."

"엥? 뭐라고?"

"……반희염(盼熙艶)이요."

* * *

"우와, 대단한데?! 사매, 사매는 정말 모르는 게 없나 봐. 천재 아니야? 나도 나름 공부 좀 한다고 칭찬 많이 받았는데, 사매에 비하면 조족지혈(鳥足之血)인걸?"

반희염은 목까지 붉어져 고개를 푹 숙이고야 말았다.

소년은 하하 웃으며 붓을 들었다.

"하지만 그림은 날 쫓아오지 못할 거야. 심심할 때마다 그렸는데 큰형님이 나중에 화공(畵工)이라도 될 거냐고 막막 칭찬해 주셨거든. 자아, 잘 봐!"

소년의 붓은 거리낌 없이 화선지 위를 돌아다녔다.

부드러운 곡선과 세세한 곳을 표현하는 방법까지 유려하여, 글자로 비유하자면 그야말로 일필휘지(一筆揮之)라 할 만했다.

어느새 완성이 된 화선지 속에 그림은 반희염과 똑 닮은 여자아이였다.

"어때? 사매랑 닮았지? 그지?"

반희염은 입을 벌리며 감탄했다가 소년이 짓궂게 웃

자 다시 고개를 푹 숙였다. 참 부끄러움이 많은 소녀였다.

소년은 화선지를 허공에 휘휘 저어 말린 후 곱게 접어 반희염에게 주었다.

"자, 내가 사매의 사형이 된 기념으로 주는 첫 선물이야. 잘 간직해야 해?"

어린 소녀는 떨리는 손으로 화선지를 받고는 작게, 그리고 몇 번이나 고개를 끄덕였다.

소년은 개선장군이 된 것 마냥 크게 웃으며 허리춤에 손을 올렸다.

멀리서 그 광경을 본 사내가 낄낄 웃어 댔다.

"저놈도 남자는 남자였구먼."

* * *

이제는 소년이라 불리기 민망할 정도로 큰 그는 진중하게 주먹을 뻗었다.

온몸이 땀에 절고 다리가 후들거렸음에도 그의 눈빛은 진지했고, 자세 하나, 하나에 전력을 쏟는다는 느낌이 강했다.

어느새 모든 동작을 마친 소년이 참았던 숨을 터트리며 그 자리에서 벌렁 누워 버렸다.

거칠어진 호흡과 바닥에 흥건한 땀이 소년의 노력을 보여 주고 있었다.

그리고 소년의 뒤로 나타난 반희염이 있었다.

반희염 역시 이제는 소녀라 부르기 어색할 만큼 쑥쑥 커서 조금만 더 크면 처녀 소리를 들을 만했다.

다만 어릴 때와 마찬가지로 여전히 병색이 완연하고, 안색이 창백하여 건강하다는 느낌을 받지는 못하였다.

반희염은 곱게 웃으며 쭈그리고 앉아 소년의 목에 수건을 덮어 주었다.

"사형, 여기 수건이요."

"헉헉. 어, 고마워. 헉헉."

"정말 열심히도 하시네요?"

"휴우……. 하는 거라고는 밥 축내는 것밖에 없는데 배우는 거라도 열심히 배워야지 어쩌겠어? 다 살이 되고 뼈가 된다고 하잖아?"

반희염이 손으로 입을 가리며 웃었다.

"정말 사형의 넉살은 못 이기겠어요."

"넉살은 무슨. 아이고, 뻐근하다. 사매, 밥은 먹었

어?”

“아직요. 이제 곧 약 먹을 시간이니까 슬슬 먹을 때도 됐네요.”

“마침 잘 왔어. 같이 밥이나 축내러 가자고.”

“좀 씻고 드시지 그러세요?”

“씻기는. 어차피 이따 또 씻을 건데.”

“어머, 드시고 또 수련?”

“어머, 드시고 또 공부?”

반희염은 참지 못하고 깔깔 웃었고 소년은 흥 콧방귀를 뀌었다.

“공부로는 사매를 이기지 못하니까 내 몸이라도 열심히 굴려서 천하제일이 되는 걸 보여 줘야지 뭐. 약속한 거 안 잊었지? 사매는 천하에서 제일 유명한 석학이 되는 거고, 나는 천하에서 제일 강인한 무인이 되는 거야.”

“문무쌍절(文武雙絕), 천하제일인. 기대할게요.”

두 소년소녀는 연신 웃으며 연무장에서 나와 밥을 먹으로 갔다.

그것이 소년이 자신의 사매를 본 마지막이었다.

*　　　*　　　*

"갑작스레 폐관 수련이라니요?"

서른 중반이 된 모용광은 고개를 휘휘 저었다.

그 역시 다소 의아스러운 기색이었지만 이해한다는 얼굴이었다.

"말은 폐관 수련이라 하지만 사매의 병세를 고치기 위한 대법(大法)이라나 봐. 저 멀리 유명한 의원님들도 오셨고, 도사 같은 분들도 오셨는데 정확한 것은 나도 잘 모르겠다. 스승님도 직접 들어가 참관하신다 하니 별일이야 있겠느냐?"

소년의 얼굴에 약간의 불안함이 어렸다.

모용광은 그런 사제를 보며 어깨를 두들겨 주었다.

"너무 불안해하지 말거라. 사매는 잘 참아 낼 것이다."

"예에……."

하지만 모용광은 모를 것이다.

소년이 불안해하는 것은, 자신의 사매가 치료를 이겨 낼 수 있을지에 대한 불안감이 아니라 스승이 직접 '참관' 한다는 불안감이라는 것을.

그리고 나아가 하필이면 사매의 나이, 정확하게 열넷이 되는 오늘 치료를 한다는 것에 대한 불안감이라는 것을.

소년은 자신도 모르게 손에 쥔 새 붓을 떨어트렸다.

생일이 되는 오늘 사매에게 주기 위해 직접 산 붓이었다.

* * *

반희염이 치료를 받으러 들어간 지 정확하게 삼 일이 지난 이후 또 한 명의 사매가 들어왔다. 이제 열 살이나 되었을까 싶은 소녀는 제법 당차 보였고, 몸도 아주 건강해 보였다.

“여설옥이라 합니다. 잘 부탁드리겠습니다.”

어린 소녀임에도 똑 부러지는 말투였다.

소년은 입을 쩍 벌렸다. 아무리 생각해도 자신이 감당하기에는 뭔가 벅찰 듯한 소녀였다.

하지만 여설옥은 겉으로 당차 보이지만 속이 여린 소녀였다.

승부욕이 남다른 점을 뺀다면 여느 소녀들과 비슷한

감성을 가진, 천상 여자아이였다.

소년은 히죽 웃었다.

'어쩐지 재미있어질 것 같다.'

*　　*　　*

언제부터인가, 스승의 시선에 따뜻함은 없었다.

엄격하면서도 자비롭고 매사에 올곧은 언행이 바뀌진 않았지만, 소년은 민감하게 그것을 느낄 수 있었다.

아마도, 반희염이 들어오기 전이라고 소년은 생각했다.

하루에 한 번씩 이런저런 이야기를 하며 좋은 시간을 보냈던 많은 날들이 있었다.

참으로 좋은 분이며 자신에게는 은인이라 할 수 있는 사람이었지만, 이상하게도 소년은 스승에게 굉장히 묘한 느낌을 받았다.

따스한 정과 순수함 사이에 들어찬, 말로 표현할 수 없는 괴이한 욕망. 반희염이 들어오고 나서, 스승과의 거리는 확연하게 벌어졌다.

그리고 나이가 점점 들어 이제 청년이라고 불릴 수

있게 되었을 때.

스승은 불쑥 나타나 그에게 차가운 한마디를 던졌다.

"네가 가야 할 곳이 있다."

"어디를 말씀이십니까?"

"북방이다."

청년의 얼굴이 굳어졌다.

북방. 북쪽 방향.

대륙의 북쪽에는 무엇이 있고 어떤 상황이 펼쳐져 있는가.

"전장을…… 말씀하시는 겁니까?"

"역시 똑똑하구나. 바로 맞추었다. 며칠 전 황궁에서 급한 전갈이 당도하였는데, 전쟁에서 소수정예로 쓸 만한 고수들을 보내 달라 하더구나. 이 땅을 지키기 위한 전쟁인데 대명제국의 백성으로서 내 어찌 가벼이 여기겠느냐."

"그렇군요."

"근자에 보니 네 실력이 일취월장하여 젊은 층에서 맞상대할 이가 없을 정도더구나. 내 바빠서 자주 보지 못했음에도 그리 실력이 늘었다면 네가 얼마나 노력했는지 눈에 훤하다."

"과찬이십니다."

"되었다. 과례(過禮)는 비례(非禮)라 하지 않더냐. 내 광무단(光武團)에서 백 명 정도를 차출할 생각이다. 네가 그들을 잘 이끌어 북방에 다녀오너라. 너에게도 좋은 경험이 되리라 생각한다."

거부할 수 없는 명령이었다.

말투는 여전히 따스함으로 가득하지만, 자신을 바라보는 스승의 눈빛은 더할 나위 없이 차갑다.

청년은 안색을 굳히면서도 고개를 숙였다.

"알겠습니다."

* * *

"저기 저분은 누구시죠?"

유난히 파리한 안색의 여인은, 여인의 몸임에도 불구하고 참으로 위엄이 넘쳤다.

천하절색의 외모라 하기엔 모자라나 충분히 매력적인 얼굴에 호리호리한 몸도 전형적인 여성의 그것이었다.

입은 옷이나 행동거지 모두가 양갓집 규수임을 짐작

케 하는 여인이었다.

병색이 완연한 얼굴만 아니라면 더욱 빛이 났을 외관.

그럼에도 자연스레 뻗어 나오는 위엄은 만인의 위에 군림을 해 보았던 존귀함까지 품고 있었다.

여인의 뒤에 시립한 군장은 고개를 숙였다.

"저 사람은 천인장(千人將)으로 저희 군대와는 또 다른 별동대를 이끄는 장수이옵니다."

"또 다른 별동대?"

군장은 약간 주저하다가 이내 다시 입을 열었다.

"혹, 야차부대라고 들어 보신 적이 있으신지요?"

여인의 눈동자에 이채가 발한다.

"그렇다면 저 사람이 대명제국의 군인들 사이에서도 유명한 야차왕이란 말인가요?"

"그렇습니다."

"듣기에 야차왕은 사람을 죽임에 있어 한 점의 자비도 두지 않는 귀신과 같다고 그러더군요. 그의 손에 죽은 몽고병의 수만 해도 이미 수천이 넘어간다 들었습니다."

군장은 고개를 끄덕였다.

"그의 손에 수많은 몽고병이 죽은 것은 확실합니다. 몽고에서 가장 강인한 세 명의 장군 중 둘이 그의 손에 유명을 달리했지요."

"한데 이상하군요."

"예?"

"그처럼 악독하기 짝이 없다는 소문의 주인공인데 어찌 저리 슬픈……."

여인은 더 이상 말을 하지 않고 천천히 청년에게 다가갔다.

청년은 자신에게 다가오는 여인의 인기척을 느꼈는지 못 느꼈는지 그저 소도로 나무만 깎아 대고 있었다.

여인의 입이 열렸다.

"무엇을 그리 깎고 계신가요?"

청년은 여인을 쳐다도 보지 않은 채 말했다.

"붓을 만들고 있소."

"붓이요? 비록 황량한 전쟁터라지만 붓 정도는 비치가 되었을 텐데요?"

그는 더 이상 입을 열지 않았다.

여인은 묘한 눈으로 청년을 바라보다가 그의 맞은편에 풀썩 앉았다.

군장이 기겁했지만 여인에게 어떠한 말도 하지 못한 채 어정쩡하게 서 있었다.

그제야 청년은 가만히 고개를 들어 여인을 바라보았다.

여인은 충격을 받았다.

청년의 눈.

약간은 날카로운 눈매 속에서 머금은 그의 눈동자는 심연처럼 깊었다.

도무지 야차왕이라는 섬뜩한 별호로 불리는 사람 같지가 않았다.

혼란스러움은 있을지언정 한 점의 사기(邪氣)조차 찾아볼 수가 없었다.

그러나 청년 역시 충격을 받은 건 마찬가지였다.

병색이 완연한 여인의 분위기가 실로 보기 드물었음을 느낀 것이다. 하지만 그가 진정 놀란 것은 그것이 아니었다.

"……염아?"

"염아라뇨?"

청년은 떨리는 눈으로 여인을 바라보았다.

외모는 전혀 다르지만 청년은 여인을 보며 열넷, 생

일날 돌연 치료를 명목으로 사라져 버린 자신의 사매를 기억해 냈다.

외모, 분위기 그 모든 것이 달랐지만…… 병색이 완연한 얼굴은 참으로 사매와 닮았다.

그는 결국 고개를 저었다.

"귀찮게 하지 말고 이만 가시오."

군장이 버럭 소리를 질렀다.

"진 장군! 입 조심하시게! 이분이 뉘신 줄 아시는가!"

여인은 손을 들어 흥분한 군장을 저지했다.

군장의 추상과도 같은 호통에도 청년은 떨리는 손으로 나무를 깎았다.

여인이 빙긋 웃었다.

"자주 보게 될 것 같은데요?"

"……."

"이름이 진조월이라 하였죠? 제 이름이 궁금하진 않나요?"

청년은 여전히 그녀를 쳐다보지 않고 있었다.

군장의 이마에 핏줄이 돋았지만 그는 차마 다시 입을 열진 못했다.

여인의 음성이 꿈결처럼 청년의 귓가로 파고들었다.

"저는 벽소영이라 해요."

*　　　*　　　*

참혹한 전쟁터에서의 괴로운 시간이 지난 이후.

성으로의 복귀 명령이 떨어진 그 시간부터.

청년의 악몽은 본격적으로 시작되었다.

외전(外傳)(3)

상일엽은 고개를 갸웃거리며 그의 모습을 바라만 보았다.

그는 어디에서 구했는지 제법 큼직한 나무를 검으로 깎고 있었다.

소도(小刀)도 아니고 묵직한 철검으로 슥슥 깎아 가는데, 신기하게도 나무는 한 번 철검이 스칠 때마다 자신의 피부를 한 꺼풀씩 확실하게 벗어 가고 있었다.

'목검을 만드시려는 건가?'

목검 정도의 크기와 길이가 되었을 때 그는 가만히 나무 토막을 보더니 다시 철검을 휘둘렀다.

슥슥 하는 소리와 함께 나무토막은 비명을 질렀고, 목검 정도의 굵기와 길이를 자랑하던 나무 토막은 이내 꼬마들이 손아귀에 쥘 정도로 얇아졌다.

참다못한 상일엽이 물었다.

"대장님, 지금 무엇을 하고 계십니까?"

"보면 모르는가, 나무를 깎고 있네."

"아니, 그거는 알겠는데. 그것을 깎아서 무엇을 하시게요? 보니 목검을 만드시는 것도 아닌 듯한데……."

그는 여전히 사막의 메마른 모래처럼 웃어 주고는 나무를 다듬었다.

이내 시간이 지나자 나무 몽둥이는 회초리보다 굵고 목검보다 얇은, 참으로 어정쩡한 굵기와 형태를 자랑하고 있었다.

만족한 듯 웃음을 짓는 그를 보며 상일엽은 고개를 저었다.

참 좋은 사람이고, 좋은 상관이지만, 가끔은 이해할 수 없는 행동을 하는 사람이기도 했다.

어처구니없다는 듯 실소를 머금는 상일엽에게 그의 목소리가 들려 왔다.

"이건 붓이라네."

"붓이라고요?"

"잘 보게."

거친 땅을 살짝 찍은 기다란 몽둥이가 이내 유려한 움직임을 발했다.

좌측에서 우측으로, 마치 언덕을 그리듯 크게 움직인 몽둥이가 다시 세세하게 움직였다.

무엇을 하는가 싶어 연신 고개를 갸우뚱하던 상일엽, 이내 그의 입이 쩍 벌어졌다.

거친 땅에서 나타난 한 그루의 소나무는 그야말로 생생함의 극치를 달리고 있었다.

수백 년 동안 그 자리를 지켜 온 노송(老松)의 피로감과 연륜, 당당함까지 함축될 수 있는 모든 것이 배어 있다.

누가 있어서 땅에 이러한 그림을, 그것도 나무 몽둥이 하나로만 그려 낼 수 있겠는가.

상일엽은 진심으로 감탄했다.

"대단하십니다, 대장님."

그는 살짝 웃었다.

"아직 멀었지. 조금 더 젊은 놈으로 그리고 싶었는

데 왜 자꾸 노송을 그리게 되는지 모르겠어."

"아무래도 노송이 더 멋져 보이니까 그런 것 아니겠습니까?"

"자네는 노송이 멋있어 보이나?"

나만 노송이 더 멋있나요, 라는 대답을 하려던 상일엽의 얼굴이 굳어졌다.

젊은 대장의 눈에 심각한 광채가 피어올랐기 때문이다.

그의 눈에서 저런 광채가 발한다는 것은 단 하나의 이유에서 뿐이다.

"습격이다! 적의 습격이다!"

저 멀리 구릉에서 엄청난 먼지바람이 일어났다.

명나라 군인들은 재빨리 갑옷과 투구를 쓰고 말 위로 올라탔지만 급작스러운 적의 공격 때문에 다소 우왕좌왕하는 모습을 보여 주었다.

잘 훈련이 된 군인들이었으나, 습격을 당하는 입장이란 언제나 당황을 내비칠 수밖에 없다.

무서운 기세로 휘몰아치는 적군의 위용.

하나같이 잘 훈련된 명마(名馬)를 타고 기다란 창과 반월도(半月刀) 등을 휘두르는데, 고르고고른 정예인

듯 거침없는 실력들이었다.

피를 보면서도 흥분하지 않고, 냉정하게 사태를 지켜보는 이들의 모습은 오히려 습격의 묘리를 더욱 살려 주고 있었다.

적군의 숫자만 물경 이천.

마치 사막의 용권풍처럼 거침없이 몰아치는 그들의 무용은 가히 발군이었다.

내지르는 창과 뒤에서 쏘아 대는 화살, 그리고 근접에서 찍어 대는 반월도까지.

모든 준비를 끝내고 붙어도 어려웠을 강병들일진대 기습까지 당하니 순식간에 엄청난 피해를 입는다.

거의 오백에 달하는 군사들이 반항조차 해 보지 못한 채 목숨을 잃었다.

야차부대가 전장으로 온 이후 처음으로 당하는 급습이었다.

그는 재빠르게 말에 올라 철검을 쥐고 달려 나갔으며, 그 뒤를 상일엽과 나머지 야차부대원들이 부랴부랴 따라붙었다.

피 튀기는 전쟁의 서막.

아예 작정을 한 것인지 후퇴조차 하지 않은 채 무차

별 진격을 하는 몽고군과 습격을 맞이하여 반격을 감행하는 명나라 군사들의 전쟁은 저녁이 되어서야 끝이 났다.

어떻게든 막았지만 피해가 너무 컸다.

몽고군은 오백 정도가 살아남아 퇴각했고, 명나라 군인들의 피해는 이천을 가뿐하게 넘겼다.

단순히 숫자상으로 판단해도 명군의 패배였다.

"대장님, 괜찮으십니까?"

"나는 괜찮네."

수많은 핏물을 몸에 묻힌 그는 이내 말에서 내려 비척비척 걸었다.

아군의 피해를 최소화시키기 위해 전방에서 무자비한 살수를 저질렀던 그.

오늘만 해도 그의 손에 죽어 간 몽고군의 병사들 수가 족히 이백에 달하리라.

그는 부러진 철검을 막사에 던져 놓았다가 이내 막사 앞을 바라보았다.

꾹 눌러서 그렸던 노송의 대부분이 지워졌다. 게다가 그 위로 비단처럼 펼쳐진 말라붙은 핏자국까지.

그의 시선이 이번에는 막사에서 멀리 떨어진 곳을

향했다.

잘 다듬었던 나무 몽둥이가 세 개로 뚝 부러져 나뒹굴고 있었다. 말발굽에 밟혀 으스러진 토막도 눈에 밟힌다.

그는 털썩 땅바닥에 주저앉았다.

까닭 없이 치고 올라오는 감정에 눈물이 흐른다.

"나는…… 이전의 나로 되돌아갈 수 없겠구나……."

이제는 익숙해질 때도 되었다 싶거늘 여전히 피비린내는 역하기 짝이 없었고, 죽은 병사들의 눈을 똑바로 쳐다보기도 어려웠다.

이런 약해 빠진 놈이 뭐가 무섭다고 야차왕이라 부르는지.

그는 하늘을 올려다보았다.

눈물 때문에 잘 보이진 않지만, 오늘도 달은 여전히 밝은 듯했다.

<『비월비가』 제4 권에서 계속>

1판 1쇄 찍음 2014년 6월 13일
1판 1쇄 펴냄 2014년 6월 18일

지은이 | 산수화
펴낸이 | 정 필
펴낸곳 | 도서출판 **뿔미디어**

편집장 | 이재권
기획 · 편집 | 윤영상

출판등록 | 2002년 9월 11일 (제1081-1-132호)
주소 | 경기도 부천시 원미구 상동로 117번길 49(상동) 503호 (우)420-861
전화 | 032)651-6513 / 팩스 032)651-6094
E-mail | bbulmedia@hanmail.net
홈페이지 | http://bbulmedia.com

값 8,000원

ISBN 979-11-315-2500-5 04810
ISBN 979-11-315-1144-2 04810 (세트)

※파본은 구입하신 서점에서 교환하여 드립니다.